El fin de la lectura

New York, NY.

Colección  Sudaquia

El fin de la lectura

Andrés Neuman

Sudaquia Editores.
New York, NY.

EL FIN DE LA LECTURA BY ANDRÉS NEUMAN
Copyright © 2015 by Andrés Neuman. All rights reserved
El fin de la lectura
c/o Guillermo Schavelzon & Asoc., Agencia Literaria
www.schavelzon.com

Published by Sudaquia Editores
Collection design by Jean Pierre Felce
Author Image by Magdalena Siedlecki

First Edition Sudaquia Editores: March 2015
Sudaquia Editores Copyright © 2015 All rights reserved.

Printed in the United States of America

ISBN-10 1938978889
ISBN-13 978-1-938978-88-3
10 9 8 7 6 5 4 3 2 1

Sudaquia Group LLC
New York, NY
For information or any inquires: central@sudaquia.net

www.sudaquia.net

The Sudaquia Editores logo is a registered trademark of Sudaquia Group, LLC

This book contains material protected under International and Federal Copyright Laws and Treaties. Any unauthorized reprint or use of this material is prohibited. No part of this book may be reproduced or transmitted in any form or by any means, electronic or mechanical, including photocopying, recording, or by any information storage and retrieval system without express written permission from the author / publisher. The only exception is by a reviewer, who may quote short excerpts in a review.

This book is a work of fiction. Names, characters, places, and incidents either are products of the author's imagination or are used fictitiously. Any resemblance to actual persons, living or dead, events, or locales is entirely coincidental.

Índice

LAS COSAS QUE NO HACEMOS

La felicidad	14
Una raya en la arena	16
Anabela y el peñón	26
El infierno de Sor Juana	32
Las cosas que no hacemos	38

FAMILIARES Y EXTRAÑOS

Alumbramiento	42
Madre atrás	52
Una silla para alguien	56
Estar descalzo	60
Juan, José	64

EL ÚLTIMO MINUTO

La bañera	76
El fusilado	80
Afuera no cantaban los pájaros	84
Después de Elena	92
Un cigarrillo	104

LA PRUEBA DE INOCENCIA

La prueba de inocencia	114
El hotel del señor presidente	122
La ropa	130
Ringo Mentón de Seda	134
Cómo maté a John Lennon	140

FIN Y PRINCIPIO DEL LÉXICO

El último poema de Piotr Czerny	150
El fin de la lectura	156

Policial cubista	160
Teoría de las cuerdas	162
Fin y principio del léxico	168

DODECÁLOGOS DE UN CUENTISTA

Dodecálogo de un cuentista	172
Nuevo dodecálogo de un cuentista	176
Tercer dodecálogo de un cuentista	180
Dodecálogo cuarto: el cuento posmoderno	184
Nota sobre los textos	188

LAS COSAS QUE NO HACEMOS

La felicidad

Me llamo Marcos. Siempre he querido ser Cristóbal.

No me refiero a llamarme Cristóbal. Él es mi amigo; iba a decir el mejor, pero diré que el único.

Gabriela es mi mujer. Ella me quiere mucho y se acuesta con Cristóbal.

Él es inteligente, seguro de sí mismo y un ágil bailarín. También monta a caballo. Domina la gramática latina. Cocina para las mujeres. Luego se las almuerza. Yo diría que Gabriela es su plato predilecto.

Algún desprevenido podrá pensar que mi mujer me traiciona: nada más lejos. Siempre he querido ser Cristóbal, pero no vivo cruzado de brazos. Ensayo no ser Marcos. Tomo clases de baile y repaso mis manuales de estudiante. Sé bien que mi mujer me adora. Y es tanta su adoración, tanta, que la pobre se acuesta con él, con el hombre que yo quisiera ser. Entre los fornidos pectorales de Cristóbal, mi Gabriela me aguarda ansiosa con los brazos abiertos.

A mí me colma de gozo semejante paciencia. Ojalá mi esmero esté a la altura de sus esperanzas y algún día, pronto, nos llegue el momento. Ese momento de amor inquebrantable que ella tanto ha preparado, engañando a Cristóbal, acostumbrándose a su cuerpo, a su carácter y sus gustos, para estar lo más cómoda y feliz posible cuando yo sea como él y lo dejemos solo.

Una raya en la arena

Ruth hacía montañas con un pie. Cavaba con el dedo gordo en la arena tibia, formaba montoncitos, los ordenaba, los alisaba cuidadosamente con la planta del pie, los contemplaba un rato. Luego los destruía. Y volvía a empezar. Tenía los empeines rojizos, le ardían como piedras solares. Llevaba las uñas pintadas de la noche anterior.

Jorge estaba desenterrando la sombrilla, o intentándolo. Hay que comprar otra, murmuró mientras forcejeaba. Ruth fingió no haberlo escuchado, aunque no pudo evitar sentirse irritada. Era una banalidad como cualquier otra, claro. Jorge chasqueó la lengua y apartó la mano de la sombrilla bruscamente: se había pillado un dedo con una de las pinzas. Una banalidad, pensaba Ruth, pero la cuestión es que él no había dicho «tenemos que comprar otra sombrilla», sino «hay que comprar». De un tirón, Jorge consiguió plegar la copa de la sombrilla y se quedó estudiándola con los brazos en jarra, como si esperase la última reacción de una criatura vencida. Casualidad o no, mira por dónde, él ha dicho «hay» y no «tenemos», pensó Ruth.

Jorge sostenía en ristre la sombrilla. La punta estaba carcomida por lenguas de óxido y manchada de arena húmeda. Él se fijó en los montoncitos de Ruth. Luego buscó sus pies con heridas de las sandalias, ascendió por las piernas hasta el vientre, se detuvo en los pliegues que se acumulaban alrededor del ombligo, su mirada continuó por el torso, pasó entre los pechos como a través de un puente, saltó a la mata salada del cabello, y finalmente resbaló hasta los ojos de Ruth. Jorge se dio cuenta de que, reclinada en su silla de lona, haciéndose visera con una mano, ella también lo observaba desde hacía un rato. Él sintió una ligera vergüenza sin saber muy bien de qué, y sonrió arrugando la nariz. A Ruth le pareció que él había exagerado ese gesto, porque en realidad estaba de perfil al sol morado. Jorge levantó la sombrilla como un trofeo inoportuno. Qué, ¿me ayudas?, preguntó en un tono que a él mismo le sonó irónico, menos benevolente de lo que había pretendido. Arrugó de nuevo la nariz, volvió un instante la vista al mar, y entonces escuchó la sorprendente respuesta de Ruth:

—No te muevas.

Ruth empuñaba una raqueta de madera. El canto de la raqueta descansaba encima de sus muslos.

—¿Quieres la pelota? —preguntó Jorge.

—Quiero que no te muevas —dijo ella.

Ruth levantó la raqueta, se irguió y extendió un brazo para trazar lentamente una raya en la arena. Era una línea no muy recta, más o menos de un metro de longitud, que separaba a Ruth de su marido. Al terminar de dibujarla, ella soltó la raqueta, se acomodó otra vez en la silla de lona y se cruzó de piernas.

—Muy bonita —dijo Jorge, entre la curiosidad y el fastidio.

—¿Te gusta? —contestó Ruth—. Entonces no la cruces.

En la playa empezaba a levantarse un aire húmedo, o Jorge lo notó en ese momento. Le daba pereza soltar la sombrilla y el resto de los bártulos que llevaba colgados del hombro. Pero sobre todo le daba infinita pereza empezar a jugar a quién sabía qué. Estaba cansado.

Había dormido poco. Sentía la piel sudada, arenosa. Tenía urgencia por darse una ducha y salir a cenar algo.

—No te entiendo —dijo Jorge.

—Me lo imagino —dijo Ruth.

—Oye, ¿vamos o no?

—Haz lo que quieras. Pero no cruces la raya.

—¿Cómo que no la cruce?

—¡Veo que ya lo entiendes!

Jorge dejó caer las cosas; le extrañó que hicieran tanto ruido al aterrizar en la arena. Ruth se sobresaltó un poco, pero no se movió de su silla de lona. Jorge contempló la línea de izquierda a derecha, como si hubiera algo escrito sobre ella. Dio un paso hacia Ruth. Vio cómo ella se contraía y se aferraba a los brazos de la silla.

—Esto es una broma, ¿no?

—Esto es de lo más serio.

—Vamos a ver, cariño —dijo él, frenando ante la raya—. Qué te pasa. Qué haces. La gente se está yendo, ¿no lo ves? Es tarde. Hay que irse. Por qué no eres razonable.

—¿No soy razonable porque no me voy al mismo tiempo que los demás?

—No eres razonable porque no sé qué te pasa.

—¡Ah! ¡Qué interesante!

—Ruth... —suspiró Jorge, haciendo ademán de ir a tocarla—. ¿Quieres que nos quedemos un rato más?

—Lo único que quiero —dijo ella— es que te quedes de ese lado.

—¿De qué lado, carajo?

—De ese lado de la raya.

Ruth reconoció en la sonrisa escéptica de Jorge una contracción de ira. Era sólo un temblor fugaz en la mejilla, un asomo indignado que él sabía controlar fingiendo condescendencia; pero allí estaba. Ahí lo tenía. De pronto parecía que ahora o nunca.

—Jorge. Esta raya es mía, ¿entiendes?

—Esto es absurdo —dijo él.

—Seguramente. Por eso mismo.

—Vamos, dame las cosas. Demos un paseo.

—Quieto. Atrás.

—¡Olvida esa raya y vamos!

—Es mía.

—Es una chiquillada, Ruth. Estoy cansado...

—¿Cansado de qué? Vamos, dilo: ¿de qué?

Jorge cruzó los brazos y se arqueó hacia atrás, como si hubiera recibido un empujón del viento. Vio venir el doble sentido y prefirió ser directo.

—No me parece justo. Estás tomando mis palabras al pie de la letra. O no, peor: las interpretas de manera figurada cuando te hacen daño, y las tomas literalmente cuando te conviene.

—¿Sí? ¿Tú crees, Jorge?

—Ahora, por ejemplo, te he dicho que estaba cansado y te haces la víctima. Actúas como si yo hubiera dicho «estoy cansado de ti», y...

—¿Y no era eso lo que en el fondo necesitabas decir? Piénsalo. Pero si hasta sería bueno. Anda, dilo. Yo también tengo cosas que decirte. ¿Qué es lo que te cansa tanto?

—Así no puedo, Ruth.

—¿Así, cómo? ¿Hablando? ¿Siendo sinceros?

—No puedo hablar así —contestó Jorge, volviendo a recoger lentamente las cosas.

—Recibido —dijo ella, desviando la vista hacia las olas.

Jorge soltó las cosas de pronto y quiso agarrar la silla de Ruth. Ella reaccionó levantando un brazo en señal de defensa. Él comprobó que estaba realmente seria y se detuvo en seco, justo frente a la línea. Estaba ahí. Ya la rozaba con la punta de los pies. Pensaba en dar otro paso. En pisar fuerte la arena. En restregar los pies y terminar de una vez con aquello. Jorge se sintió estúpido por su propia precaución. Tenía los hombros tensos, levantados. Pero no se movió.

—¿Quieres dejarlo ya? —dijo.

Se arrepintió enseguida de haber formulado la pregunta de ese modo.

—¿Dejar el qué? —preguntó Ruth, con una sonrisa dolientemente complacida.

—¡Me refiero a este interrogatorio! Al interrogatorio y a esa raya ridícula.

—Si tanto te incomoda nuestra charla, podemos dejarla aquí. Y si te quieres marchar a casa, adelante, que disfrutes de la cena. Pero lo de la raya, eso ni hablar. No es ridícula y no la cruces. No pases por ahí. Te lo advierto.

—Estás imposible, ¿lo sabes?

—Lamentablemente, sí —contestó Ruth.

Jorge percibió, desconcertado, la franqueza de su respuesta. Se agachó a recoger de nuevo las cosas murmurando palabras inaudibles. Removía enérgicamente el contenido de la cesta de playa. Ordenaba una y otra vez los botes de bronceador, apilaba con furia las revistas, volvía a plegar las toallas. Por un momento, a Ruth le pareció que los ojos de Jorge se aguaban. Pero lo vio recobrar paulatinamente la compostura hasta preguntarle, mirándola con fijeza:

—¿Me estás poniendo a prueba, Ruth?

Ruth notó cómo la ingenuidad casi brutal de aquella pregunta le devolvía un eco de nobleza: como si Jorge pudiera equivocarse, pero no mentirle; como si en él fuera posible cualquier deslealtad, excepto la malicia. Lo vio agachado a sus pies, desorientado, con los hombros a punto de despellejarse, con menos cabello que hacía unos años, familiar y desconocido. Tuvo el impulso de atacarlo y a la vez de protegerlo.

—Vas por ahí avasallando —dijo ella— pero vives temiendo que te juzguen. Me parece un poco triste.

—No me digas. Qué profunda. ¿Y tú qué?

—¿Yo? ¿Que en qué me contradigo? ¿En qué noto que me equivoco siempre? En muchas cosas. Muchísimas. Qué te crees. Por empezar, soy una estúpida. Y una miedosa. Y una resignada. Y finjo que podría vivir como no puedo. Pensándolo bien, no sé qué es más grave: no darse cuenta de algunas cosas, o darse cuenta y no hacer nada. Por eso mismo, ¿entiendes?, he trazado esta raya. Sí. Es infantil. Es fea y pequeñita. Y es lo más importante que he hecho en todo el verano.

Jorge se quedó con la vista perdida más allá de Ruth, como siguiendo la estela de sus palabras, sacudiendo la cabeza con un gesto en el que luchaban el disgusto y la incredulidad. Luego el rostro se le congeló en una expresión irónica. Comenzó a reírse. Su risa sonaba a tos.

—¿Qué, no dices nada? ¿Se te ha ido la fuerza? —dijo Ruth.

—Eres una caprichosa.

—¿Te parece un capricho lo que te estoy diciendo?

—No sé —dijo él, incorporándose—. A lo mejor no exactamente caprichosa. Pero orgullosa, sí.

—No es sólo una cuestión de orgullo, Jorge, sino de principios.

—¿Sabes qué? Que tú defenderás muchos principios, serás todo lo analítica que quieras, te creerás muy atrevida, pero lo que en realidad estás haciendo es esconderte detrás de una raya. ¡Esconderte! Así que hazme el favor de borrarla, de recoger tus cosas y discutirlo tranquilamente en la cena. Voy a pasar. Lo siento. Todas las cosas tienen un límite. Mi paciencia también.

Ruth se levantó como un resorte liberado, volcando la silla de lona. Jorge se detuvo antes de haber dado un paso.

—¡Ya lo creo que todo tiene un límite! —gritó ella—. Y claro que te gustaría que me escondiese. Pero esta vez no te hagas ilusiones. Tú no quieres una cena: tú quieres una tregua. Y no la vas a tener, me oyes, no la vas a tener hasta que aceptes de una vez que esta raya se borra cuando yo diga, no cuando tú te impacientes.

—Me sorprende que te pongas tan autoritaria. Después te quejas de mí. Me estás prohibiendo acercarme. Yo no hago lo mismo contigo.

—Jorge. Mi vida. Escucha —dijo Ruth bajando la voz, acomodándose el flequillo, recomponiendo la silla y sentándose de nuevo—. Quiero que me prestes atención, ¿de acuerdo? No es que haya una línea. Es que hay dos, ¿me entiendes?, siempre hay dos. Y yo veo la tuya. O intento verla, al menos. Sé que está ahí, en alguna parte. Te propongo una cosa. Si te parece injusto que esta raya se borre cuando yo diga, traza tú otra, entonces. Es fácil. Ahí tienes tu raqueta. ¡Haz una raya!

Jorge soltó una carcajada.

—Te estoy hablando en serio, Jorge. Explícame tus reglas. Muéstrame tu territorio. Dime: de esta raya no pases. Verás cómo jamás intentaré borrarla.

—¡Qué lista! Claro que no la borrarías, porque yo nunca haría una raya como esa. Ni se me ocurriría.

—Pero si la trazaras, ¿hasta dónde llegaría? Necesito saberlo.

—No llegaría a ningún lado. No me gustan las supersticiones. Prefiero comportarme con naturalidad. Quiero poder pasar por donde tenga ganas. Pelearme cuando de verdad suceda algo.

—Lo único que quiero es que mires un poco más allá de tu territorio. Que respetes ciertas cosas —dijo ella.

—Lo único que quiero es que me quieras —dijo él.

Ruth pestañeó varias veces. Se frotó los ojos con ambas manos, como intentando limpiarse todo el viento húmedo que la había golpeado aquella tarde.

—Es la respuesta más terrible que podías haberme dado —dijo Ruth.

Jorge la contemplaba con apenado asombro. Pensaba en acercarse a consolarla y sospechaba que no debía. Le picaba la espalda. Le dolían los músculos. El mar se había tragado la pelota del sol. Ruth se tapó la cara. Jorge bajó la vista. Miró la raya una vez más: le pareció que medía más de un metro.

Anabela y el peñón

¿Quién se atreve a nadar hasta El Cerrito?, preguntó Anabela con cara de, no sé, de algo mojado y muy luminoso. Me imagino una galleta del tamaño del sol, una galleta enorme hundiéndose en el mar. Un poco de eso tenía cara Anabela cuando nos lo preguntó.

¿Nadie se atreve?, insistió ella, pero ya no puedo decir qué cara puso porque la vista se me fue más abajo. Su traje de baño era verde, verde como, no sé, ahora no se me ocurre ningún ejemplo. Era un verde clarito y los triángulos de arriba pinchaban un poco por el centro. Anabela siempre se reía de nosotros. Y tenía derecho, porque nos llevaba dos años o a lo mejor tres, era casi una mujer y nosotros, bueno, nosotros le mirábamos la parte de arriba del traje de baño. Valía la pena que ella se riese, porque sus hombros subían y bajaban y la tela verde clarita se le movía también por adentro.

Como nadie contestó, Anabela se cruzó de brazos. Y eso fue lo malo, porque ya no se vio nada y tuvimos que mirarnos entre nosotros y notar nuestras caras de miedo al mar y de rabia por no poder estar a la altura de Anabela. Una altura, no sé, de olas con mucho viento, como las que los chicos mayores recorrían con sus tablas, y entonces nos dábamos cuenta de que solamente uno de ellos podría hacer feliz a Anabela. Pero ella nunca les prestaba atención, y eso nos desconcertaba todavía más.

Cada tarde Anabela nadaba sola hasta El Cerrito, que era un peñón seco que quedaba a dos kilómetros al este. Ahí no se podía ir. O se podía, pero no nos dejaban, porque era peligroso y además decían que había cosas raras y hasta gente desnuda que tomaba el sol y de todo. Había que nadar fuerte y largo durante casi una hora para llegar al peñón, y nos asustaba un poco ver a Anabela sumergirse, ver su cabeza apareciendo y desapareciendo hasta que se volvía, no sé, una boya, un puntito, nada. Ella iba hasta ahí, tomaba un rato el sol, según dos de nosotros sin la parte de arriba del traje de baño, y según otros tres sin nada de nada, y al atardecer volvía en lancha, porque siempre había alguien que venía en lancha a la playa. Nosotros estábamos de acuerdo en que eso era lo peor de que se fuera sola. A la ida estábamos seguros de que no iba a pasarle nada, ella era mayor y rapidísima y nadaba perfecto y siempre sabía qué hacer. Además Anabela era increíble flotando, cuando se cansaba se ponía boca arriba, con las piernas y los brazos abiertos, y se quedaba así, casi dormida, el tiempo que quisiera, como un sirena o, no sé, un salvavidas verde, y solamente le asomaban la boca, la nariz, los dedos de los pies. Y las puntas de la parte de arriba del traje de baño. La vuelta desde el peñón ya era distinta, eso sí nos preocupaba, porque algún sinvergüenza, eso decía mi padre, algún sinvergüenza en lancha podía, no sé. Eso mi padre ya no lo decía.

Anabela se burló de nosotros y nos dio la espalda. En realidad yo creo que nos había preguntado por preguntar, ella sabía de sobra que ninguno iba a atreverse a nadar tan lejos. No sólo por El Cerrito, que daba miedo, sino por los castigos terribles que nuestros padres nos habían anunciado si se nos ocurría ir. ¿Y los padres de Anabela? ¿Ellos sí la dejaban? Es curioso, porque antes de esa tarde nunca lo había pensado. Había supuesto que sí, o no había supuesto nada. Anabela era alta, era rapidísima, ¿quién podía prohibirle algo a Anabela? Cuando otra tarde más la vi acercarse a la orilla, cuando la vi moverse de esa forma tan, no sé, sentí algo tremendo ahí, entre el estómago y el esternón. Hasta que de repente Anabela escuchó una voz, y yo escuché esa voz y descubrí que era la mía diciéndole: Te acompaño.

Era un calor ahí.

Anabela se volvió hacia nosotros sorprendida. Se encogió de hombros, la luz rebotó en ellos, no sé, como una pelota de playa, le rodó por los brazos y ella dijo simplemente: Bueno. Vamos.

Los demás me miraron, de eso sí estoy seguro, con más envidia que miedo, y hasta sospeché que alguno le iba a ir con el cuento a mi padre. ¿Estaba haciendo bien? Pero era demasiado tarde para dudar, porque el brazo tostado de Anabela ya tiraba de mi brazo, sus vellos amarillos me llevaban hasta el mar, y sus pies y los míos hacían crujir las piedritas de la orilla, eso estaba pasando ahora y era casi imposible de creer. Entonces sentí que había nacido y aprendido a nadar y veraneado en esa playa nada más que para eso, para ver ese momento, y no digo vivirlo porque ese momento no me estaba pasando a mí, le estaba pasando a otro. Yo me veía dando las primeras brazadas detrás de las patadas de Anabela, de los pies de Anabela que entraban y salían del agua. Mis amigos gritaban, daba igual.

No sé cuánto nadamos. El sol nos cegaba, ya no se oían voces de la costa, sólo escuchábamos olas y gaviotas, sentíamos una mezcla de frío y calor, la corriente tiraba de nosotros y yo era feliz. Al principio, los primeros minutos, me había dedicado a pensar qué iba decirle a Anabela, cómo debía comportarme cuando llegáramos al peñón. Pero después todo se fue mojando, como ablandando, no sé, mi cabeza también, y dejé de pensar y supe que era eso, que ya estábamos juntos, que estábamos nadando como si conversáramos. De vez en cuando ella volvía la cabeza hacia atrás para comprobar si la seguía, y yo trataba de mantener la cabeza bien alta y le sonreía tragando agua salada, para que Anabela vie-se que yo podía seguir su ritmo, aunque en realidad no podía. Sólo paramos a descansar dos veces, la segunda porque yo se lo pedí, y me dio un poco de vergüenza. Ella flotó y me enseñó a hacer el muerto, me explicó qué había que hacer exactamente con la barriga y los pulmones para ir suelto, así, como un colchón. A mí me pareció que yo flotaba mal, pero ella me felicitó y se rio como, no sé, y yo pensé en besarla y me reí también y tragué agua. Ahí decidí que, en vez de contarles a mis amigos cómo había ido todo, en vez de exagerar cada detalle, que era lo que al principio tenía pensado hacer, no iba a contarles nada. Ni una palabra. Sólo iba a quedarme callado, sonriente, ganador, con cara de entenderlo todo, como hacía Anabela, para dejar que ellos se imaginaran cualquier cosa.

No sé cuánto nadamos en total, pero El Cerrito estaba cerca o parecía cerca. Hacía rato que habíamos para-do por segunda vez, me sentía agotado, Anabela estaba fresca. Yo ya no disfrutaba, ahora sólo tenía una misión, tenía que seguir, seguir, empujar con los brazos, la barriga, el cuello, todo. Por eso es tan difícil explicar qué pasó, todo fue muy rápido o muy invisible. Yo asomaba media cara cada dos brazadas, miraba de reojo el peñón y calculaba cuánto podía faltarnos, y para distraerme del cansancio me ponía a contar las patadas veloces de Anabela y los golpes de mi corazón. Fue por eso mismo, por estar escuchando los pies de Anabela, que me extrañó tanto parar un segundo, ver el peñón enfrente y no verla a ella. Simplemente ya no estaba. Como si no hubiera estado nunca. Giré varias veces braceando desesperado, sacudiendo la cabeza de un lado para otro. Me vi en mitad del mar, muy lejos de la costa, todavía lejos de El Cerrito, flotando en el silencio, sin rastros de Anabela. Y me sentí, no sé, dos veces asustado. No sólo porque ahora estaba solo. Sino porque entendí que había estado un buen rato contando mis propias patadas.

Grité unas cuantas veces, grité como quizás había gritado ella mientras yo no la escuchaba o la confundía con las gaviotas, no sé. Pero gritar también me agotaba, me hacía doler el cuerpo. Y me di cuenta de que, si quería tener la mínima posibilidad de llegar al peñón, no había más remedio que callarse, calmarse, enfriar el terror y seguir dando brazadas. Avanzar y dar brazadas, nada más. Esta vez no conté, no pensé, no sentí nada.

Nadé hasta perder la sensación del tiempo, como si fuera parte del mar.

Cuando alcancé el borde del peñón, las olas me arrastraron sin apenas resistencia. Mi cuerpo era una cosa y yo era otra, no sé. De ese momento recuerdo poco. Me sentía mareado, casi no veía, el aire me faltaba tanto que no me salía por la boca, solamente entraba. La sangre iba a estallarme, mis brazos y mis piernas parecían vacíos o, no sé, un colchón pinchado. Tirado entre las piedras, escuché unas voces que se acercaban, vi o me pareció ver a varios hombres desnudos a mi alrededor, de pronto tuve ganas de dormirme, alguien me tocó el pecho, el sueño me ganaba, el aire empezó a salirme por la boca, hice un esfuerzo, abrí los ojos y, ahora sí, pensé en Anabela, en que lo había logrado, en que por una vez había estado a su altura.

El infierno de Sor Juana

La noche en que la conocí, Sor Juana me explicó que todo había sido culpa de la menopausia. Pero la menopausia, objeté con pedantería, empieza a los cincuenta. Juana me contempló como esos curas que están a punto de castigarte y deciden absolverte. Se me quedó mirando con una sonrisa superior, invitadora, y contestó tranquilamente: Tú qué vas a saber de la menopausia de las monjas, güey. Quince minutos más tarde, Juana pagó las copas. Veintidós minutos más tarde, milagro, encontramos un taxi libre en mitad del Paseo de la Reforma. Cuarenta y tres minutos más tarde, ella lanzaba alaridos encima de mí, inmovilizándome las muñecas.

Según me confesó, Juana perdió la virginidad con un fraile rubio, una semana antes de abandonar el convento. Para ser más precisos, digamos que perdió la virginidad con seis o siete frailes, no todos ellos rubios, a los treinta y nueve años de edad. Fue, en sus propias palabras, probar apenas uno y quererlos todos, todos, todos. La repetición no es mía, sino de Juana. Así lo contaba ella, con los ojos cerrados y las piernas abiertas.

En cuanto comprendió que nunca más sería digna a los ojos del Señor (cosa que en realidad comprendió enseguida), Juana se dejó crecer el cabello, consiguió un trabajo de ayudante en una veterinaria y dedicó todo su tiempo libre (todo, todo, todo) a fornicar con hombres de cualquier edad, raza y condición. El único requisito, según advertía Juana, era que no se enamorasen de ella. Y que se lo prometieran desde el primer día. Yo ya he estado comprometida, les explicaba (nos explicaba), viví con mi Señor desde los dieciocho hasta los treinta y nueve. Y como es imposible aspirar a entregas más altas, ahora quiero sexo, sexo, sexo. Aunque sé que por eso me voy a condenar.

Cualquiera que no se haya acostado con Juana (y reconozcamos que esa posibilidad empieza a ser remota en Ciudad de México) podría desconfiar de semejante frase: «Sé que por eso me voy a condenar». Y la consideraría quizás una pose beata, un pretexto hipócrita. Pero bastaba una noche con ella, por no decir apenas un breve coito, para comprender hasta qué punto la afirmación de Juana era severa y transparente.

La vida sexual de Juana era mucho más que eso. Que vida, me refiero. Y de no haber sido tan gozosa y entusiasta, me atrevería a añadir que se trataba justo de lo contrario, de una muerte. Con sus correspondientes, y absolutamente inevitables, resurrecciones carnales. Puedo imaginarme los equívocos que esto despertará en las mentes más retorcidas. Éxtasis espasmódicos. Succiones insondables. Inverosímiles duraciones. Burdas acrobacias. Por Dios, por Dios, por Dios. Lo de Juana era distinto. Llano. Sin posturas incómodas. Sin técnicas orientales.

Lo de Juana era, en fin, algo que nuestra civilización casi ha perdido: pura lascivia. Con sus tentaciones irrefrenables, sinceros remordimientos y reincidencias fatales. Lo increíble era que estos ciclos, que a la gente puede llevarle días, meses, años, Juana los resumía vertiginosamente en pocos minutos. Intentando una aproximación científica, digamos que la población femenina suele experimentar las fases de excitación, meseta, orgasmo y resolución. Juana en cambio padecía rubor, enajenación, arrepentimiento y recaída. Sin preámbulos. Sin demora. Como una tormenta de verano.

Desde el primer encuentro en su casa, asistí boquiabierto a la liturgia que se repetiría siempre. Juana me desnudaba con brutalidad, me mordía con ansia, me rechazaba brevemente, se arrancaba la ropa interior y me atraía dentro de ella. Entonces daba comienzo la parte más asombrosa, esa que terminaba de capturar mis sentidos y que, de alguna forma, terminó por condenarme: Juana me hablaba. Hablaba, aullaba, rezaba, suplicaba, lloraba, reía, cantaba, daba gracias. Para hacerla ingresar en aquel trance no hacían falta hazañas físicas de ningún tipo. Sólo había que aceptarla. La recompensa era apabullante. Entre los cientos de obscenidades bíblicas que Juana profería durante el acto, me fascinaban sobre todo las más simples: «Me fuerzas a pecar, maldito», «Por tu cuerpo ya no tengo perdón», «Me empujas al infierno», etcétera. Algún escéptico podrá pensar que eran meras exclamaciones de doctrina. Pero a mí esas cosas me conquistaban. Soy un hombre corriente. No suelo despertar grandes pasiones. Y nunca jamás, entiéndanme, había llevado a nadie hasta el infierno.

Mi tragedia era esta: ¿cómo fornicar después de Juana? ¿Valía la pena salir de las voluptuosas llamas del averno para acomodarse en las blanduras de un colchón cualquiera? Con ella, cada vez era un acontecimiento. Un placer deplorable. Un acto de maldad trascendente. Con las demás mujeres, el sexo era apenas sexo. Desde que conocí a Juana todas mis amantes esporádicas, y muy especialmente las progresistas, me parecían tibias, previsibles, de una normalidad desesperante. Lo que hacíamos juntos no era terrible, ni atroz, ni imperdonable. Al ser tocado por el otro, ninguno de los dos perdía sus principios. Fingíamos encontrarnos para cenar. Bromeábamos con cortesía. Nos aburríamos gratamente. Con el tiempo fui pasando de la apatía a la fobia, y llegué a detestar los gestos vacíos que intercambiaba con mis amantes. Los comienzos precavidos. Las pequeñas contracciones. Los grititos moderados. Ya no podía estar con nadie, nadie, nadie.

La última noche que pasé en casa de Juana, ella iba vestida como de costumbre: falda ancha y zapatos viejos. Sin peinar. Sin maquillaje. Y con la carne erizada, como en espera de un terremoto. Cuando se arrancó la ropa y contemplé de nuevo su sexo velludo, no pude evitar besarla y susurrarle al oído: Estoy enamorado, Juana. Ella cerró los muslos de inmediato. Se ovilló en el sofá, alzó el mentón y dijo: Entonces vete. Me lo dijo tan seria que ni siquiera tuve fuerzas para insistir. Era yo, además, quien había incumplido su promesa. Me vestí avergonzado.

Mientras cruzaba la salita poblada de crucifijos y vírgenes, oí que Juana me chistaba. Me volví esperanzado. La vi acercarse desnuda por el pasillo. Caminaba rápido. Se notaba que tenía los pies fríos. Me miró a los ojos con una mezcla de rencor y compasión. No se puede ir al infierno por amor, me dijo.

Después se apagó la luz.

Las cosas que no hacemos

Andrés Neuman

Me gusta que no hagamos las cosas que no hacemos. Me gustan nuestros planes al despertar, cuando el día se sube a nuestra cama como un gato de luz, y que no realizamos porque nos levantamos tarde por haberlos imaginado tanto. Me gusta la cosquilla que insinúan en nuestros músculos los ejercicios que enumeramos sin practicar, los gimnasios a los que nunca vamos, los hábitos saludables que invocamos como si, deseándolos, su resplandor alcanzase nuestros cuerpos. Me gustan las guías de viaje que hojeas con esa atención que tanto te admiro, y cuyos monumentos, calles y museos no llegamos a pisar, fascinados frente a un café con leche. Me gustan los restaurantes a los que no acudimos, las luces de sus velas, el sabor por venir de sus platos. Me gusta cómo queda nuestra casa cuando la describimos con reformas, sus sorprendentes muebles, su ausencia de paredes, sus colores atrevidos. Me gustan las lenguas que quisiéramos hablar y soñamos con aprender el año próximo, mientras nos sonreímos bajo la ducha. Escucho de tus labios esos dulces idiomas hipotéticos, sus palabras me llenan de razones. Me gustan todos los propósitos, declarados o secretos, que incumplimos juntos. Eso es lo que prefiero de compartir la vida. La maravilla abierta en otra parte. Las cosas que no hacemos.

FAMILIARES Y EXTRAÑOS

Alumbramiento

Las matronas se quejan del ingreso de hombres en la planta de Obstetricia. La dirección del Hospital Clínico reconoce lo sucedido como «hecho aislado».

Diario Ideal de Granada, 4–II–2003

Y era cierto que la luz entraba deshecha, cálida por los ventanales, o seamos sinceros, digamos ventanucos, y había algo más urgente que la belleza, una nueva belleza, en esa fuerza simple con que la luz colmaba la habitación del sanatorio, en cómo nos gratificaba, bienvenidos, anunciaba, toda esta claridad es porque sí, y había una violenta dulzura en aquella otra manera de sentirme hombre, yo gritaba, mi mujer me apretaba las muñecas, me iba orientando igual que a una bicicleta y yo corría, notaba que pedirle ayuda era posible, por qué no compartir también este dolor, pensaba, y aquellas enfermeras de pechos temblorosos, la cara blanca y seria del doctor Riquelme, las sábanas ásperas de tiempo, la almohada perfumada varias veces e impregnada de sudor, mi mujer hablándome al oído, todos me ayudaban a ser fuerte pidiéndoles auxilio porque un túnel corría dentro de mí, una prisa milagrosa me arrancaba la respiración para entregarme otra, dos respiraciones, así, mi amor, así, suelta despacio el aire, me llamaban los labios contraídos de mi mujer, así, así, gritaba aquella noche en la oscuridad mojada de ese hotel de no sé dónde que nos salvó de pronto, hemos recuperado la inocencia, me susurró ella después, unidos por los hombros como dos siameses, así, invádeme, gritaba, y yo ya no sabía quién estaba dentro de quién, es difícil amar para los hombres, es un riesgo ser el primero en conmoverse, en lanzarse al vacío sin saber cuál será la respuesta o hacia dónde irá la bicicleta, ser amado es distinto, nos contemplan, tan cómodo y helado, en tercera persona, ella me ama, y una tercera persona era precisamente lo que desde aquella noche iba a gestarse como una telaraña microscópica, así, vamos, invádeme, y yo pude decir al fin, por una vez en esta puta vida, que la quería sin contemplaciones y daba igual el resto, incluso la respuesta, y tan extraño darse, tómame, le dije, y ella me dio el espejo de su vientre y el ancla de su lengua y sus muslos izados pero no, había sido yo quien pronunciaba tómame, dejándome mezclar también por el remo de la noche, hemos recuperado la inocencia, me decía, con su hombro hundido en mi hombro, y era cierto que la luz entraba tímida, deshecha por debajo de la puerta como un intruso leve y un poco anaranjado, tal vez amanecía, y entonces resultó que era la hora, me vistieron despacio, me observaban en silencio, las enfermeras se ceñían unos guantes de goma como para oficiar un sacrificio, es la hora, señor, nos anunció una de las enfermeras, y la palabra hora se le colgó juguetona de un pezón por el canal inesperado de su bata, y aquel pezón era una o, la aureola de la hora de la vida, hemos recuperado la inocencia, había dicho, y su gesto de placer consagrado era el gesto de una mujer posterior, como si ya supiera, y me abrazó despacio como nunca antes nadie, soy tan feliz, le dije, y sentí un poco de vergüenza, y luego me sentí feliz de esa vergüenza, de aquel escalofrío hasta la punta de los pies, y me besaba, me besaba los pies y era yo muy pequeño y aprendía a caminar, como cuando ella intentó enseñarme a bailar y no quise, te mueves como un pato, me decía riéndose, vamos, ven a bailar, moverse así es ridículo, le contesté, o no le contesté pero me lo dije a mí mismo y la dejé sola con el baile, así beben los hombres que no van en bicicleta, mírame, aferrado a la barra con mi cara de examen y el corazón desparramado, señor, ya es la hora, y en ese momento pensé que lo que más deseaba era enseñarle a mi hijo a caminar, no tengas miedo, le diría, esta es nuestra música y este es tu cuerpo, muévelo, tendrás que explicarle a tu madre que bailarás conmigo porque no va a creerte, vamos, mi vida, muévete, haz más fuerza, al principio todo había ido tan lento, la telaraña se gestaba minuciosa y parecía alimentarse de mí a cambio de la alegría de todas las promesas, todo tan lento entonces y ahora de pronto vamos, empuja fuerte, amor, empuja, me decía también aquella noche de oscuridad tangible en el hotel de no sé dónde que nos salvó de pronto, y yo encontré un canal que le ascendía por el vientre y nos colmaba de una luz blanca y espesa, ella gritaba mi nombre, gritábamos los dos, ¿qué nombre le pondrán?, quiso distraernos el doctor Riquelme al ver cómo sufríamos o cómo me asustaba, no lo hemos pensado, respondió mi mujer, ni siquiera estábamos seguros de si iba a ser un niño o una niña, añadió, aunque antes ella había sabido sin dudarlo qué nombre pronunciar al final del túnel que se abría ante nosotros esa noche, dijo el mío, como si me bautizase, como si hasta aquel momento yo me hubiese llamado de prestado, como si no me hubiera merecido un nombre hasta que esa mujer lo pronunció de otra manera, hemos recuperado la inocencia, dijo encendiendo el cigarrillo que encendía también la noche blanca y mi corazón a oscuras, pero no por el placer, que por supuesto redime, no ya por el placer sino por la verdad, ese canal, lo supe, había tocado fondo y se había doblado para regresar entero, rebosante de dos, pleno de luz, hasta mi propio vientre, hasta el pecho asombrado, alguien me había dado aire, no era el mío de siempre, era un aire compartido, una respiración dentro de otra, vamos, mi vida, empuja que ya viene, y respiraban alto también las enfermeras sosteniéndome los muslos, y se agitaba la nariz pigmentada del doctor Riquelme, una nariz, seamos sinceros, fea, adelante, señor, levante la cabeza y le será más fácil, dijo, y mi abdomen con surcos, germinado, y un rastrillo de sol arañándome la piel ahí muy al centro, igual que me arañaban sus uñas sin pintar, hasta el fondo, amor, me gritó aquella noche y me gritaba ahora en la habitación despintada, perfumada con ese disimulo un poco culpable de los hospitales, falta poco, señor, clavándome las uñas, y nuestras voces se unían, y uno entendía que la vida es más o menos un amor en equipo, que no existe por sí sola, qué es la vida si no hay dos voluntades enredadas y un dolor compartido, me desgarraba, la luz me desgarraba y también aquella noche las sábanas se abrían y era otro el perfume, menos disimulado, orgulloso, sin culpas, estos somos nosotros y estos son nuestros olores, ¿cómo será el olor de mi hijo?, ¿olerá sobre todo a la crema aturdida y pegajosa con que la primera vida nos entrega?, ¿resbalará contento o más bien desconcertado por el tobogán del tiempo?, ¿me aceptará?, ¿seré digno de su comienzo?, ¿y qué hacer con estas mezquindades y toda la crueldad que uno arrastra cuando un hijo nos nace, cuando un hijo nos hace, qué hacer para sentir que pese a todo nos merecemos otro principio?, pero eso también, la crueldad, las mezquindades, tendremos que ofrecérselas, son nuestras, serán suyas, hemos recuperado la inocencia, dijo ella ofreciéndome el cigarrillo a medio consumir para que yo también participara de ese humo secreto que iba tomando forma en nuestros vientres, al principio en el suyo, colmado por mi ingreso, y después ya en el mío, abriéndome canales, así es como serás, hijo, escucha, limpio como esta luz y sucio como estos ventanales, digamos ventanucos, y me darás salud y aprenderemos juntos a hablar en este idioma que no alcanza, menos que nunca alcanza ahora para decirte ven, bailemos, ponte en pie y camíname, vamos en bicicleta, aquí tienes el mundo, hijo, limpio y mezquino, fragante y pútrido, sincero y engañoso, dámelo a cambio nuevo, vamos, corre, vamos, rápido, chillaba mi mujer como si hasta aquel momento hubiéramos vivido mudos, repitiendo mi nombre como un descubrimiento, vamos, rápido, amor, un poco más, respira, abre bien las piernas, no te asustes, un poco más, señor, insistía la enfermera, y el esfuerzo de dar empezaba a quebrarme, a pedirme tanto que admito que dudé, que creí no poder, que me vencían, y todos los caminos apuntaron a ese instante, los recuerdos deshechos, las palabras no dichas, las coincidencias, las armas empuñadas, los lugares, las mentiras, unas pocas franquezas, todos los ángulos del tiempo convergieron en el pequeño eje de mi barriga tensa, raramente redonda, y después descendieron a mi miembro enrojecido que vibraba apuntado hacia el techo de la habitación del sanatorio como había apuntado al ventilador antiguo de aquel hotel de no sé dónde en el que nos reencontramos, yo entrando en ella, ella entrando en mí, ya viene, amor, no pares, y era mi cuerpo entero y un globo de luz oprimida los que iban a estallar, un abismo dual que deseaba cruzar cuanto antes y a la vez quedarme contemplando durante la caída, contemplando el río blanco y espeso que corría por debajo, debajo de mi cuerpo ella corría buscando la salida, no me sostengo más, termíname, mi amor, acabemos con esto, me desplomo, no lo soporto más, grité pidiéndole auxilio y contrayendo así una nueva fortaleza, ¿tienes miedo?, me preguntó de pronto durante una pausa mientras recuperábamos el resuello, sí, tengo mucho miedo, tengo tanto miedo que incluso tengo miedo de perder el habla y todo lo que tengo, lo entiendes, sí, mi vida, el doctor

Riquelme dijo empuje, sí, te entiendo, por eso estamos vivos, porque tememos, y el hombre temeroso que yo era pudo empujar de nuevo en contra del dolor que tiraba hacia adentro, que escondía la cabeza, y el doctor Riquelme apartó a mi mujer y me miró a los ojos y me dijo no podemos demorarlo demasiado, empuje más, no ceda, y con su mano enguantada tomó mi miembro hinchado y presionó el contorno, distribuyó los dedos y apretó hasta el fondo con una facilidad inesperada, como si nada hubiera en medio excepto aire, yo grité, grité el nombre del doctor y mi nombre y el nombre de mi esposa y otro nombre cualquiera, y entonces comprendí que aquel sería el nombre de mi hijo, que acababa de llamarlo, ven, ven, hijo, me llamaba mi padre intentando enseñarme a disparar las tardes de verano, toma esta escopeta, ven, voy a enseñarte bien para que nunca nadie te haga daño, ¿ves aquella lata?, ¿sí?, vamos, dispárale, vamos, mi vida, empuja un poco más que ya aparece, y yo cerré los ojos, no quería ver cómo salía aquella bala camino del destino y perforaba la lata de cerveza que habíamos colocado entre las ramas, mi padre sonreía, soy muy feliz, gritaba yo con la voz de mi mujer que repetía soy feliz con mi voz raptada, un momento, le indicó el doctor a una de las enfermeras, un momento, dije mirando el rostro risueño de mi padre con su escopeta al hombro, un momento, y entonces vi que humeaba, que su escopeta grande humeaba junto con la mía y vi la lata de cerveza con su impecable agujero en el centro y no estuve seguro, yo apenas podía sostener el arma pero la bala había volado exactamente hasta la lata y mi padre sonreía travieso, me acariciaba la cabeza y la enfermera forzó un poco la abertura del glande, un agujero perfecto, cálido, en el centro de la lata, casi como un ombligo, mi miembro se erguía a ratos y se desmayaba debajo del ombligo y entendí que el dolor era otra costumbre, que en el dolor también late un esbozo de placer al abrirse en dos mitades para que brote un amor sin nombre, ahí, ahí llega, y era una bendición la herida de sus uñas sin pintar en mis muñecas, y la noche envolvía la boca desdibujada de mi mujer aullando vamos, y la cama se aguaba y nos hundíamos, te quiero tanto, tan mezquinamente, y en medio del desmayo sentí cómo uno de los pechos triangulares de la enfermera joven me rozaba una pierna dejándome un surco de luz blanca y nutritiva sobre el muslo, y mi entrepierna dio un respingo y se rehizo en otra flor más roja, en una flor de pétalos arrancados, y aquello fue lo último que vi porque enseguida me atropelló el torrente, había sido tan hermoso, tan mezquino llevarlo dentro de mí como se esconde un secreto que poco a poco habrá que compartir, sale, sale, tenerlo haciendo tramas en las paredes interiores, rozar tal vez sus dedos a través de la membrana, escuchar sus quejas submarinas, su bucear impaciente, sus patadas al mundo, así es como te tratan, hijo, ya lo ves, dijo mi padre el día de mi primera pelea, a patadas siempre, y mi madre le decía calla, déjalo, y mi padre le contestaba tú qué sabes, que el niño sepa cómo es el mundo, así van a tratarte siempre, pero tal vez esas patadas en el vientre, pienso, eran los primeros pasos de un futuro hombre tímido al que le gustaría aprender a bailar, ser fuerte de otro modo como esa belleza urgente que entraba por los ventanales, digamos ventanucos del sanatorio, muévase señor, muévete, hijo, verás qué buen lugar para bailar, por supuesto que también hay escopetas y patadas, eso ya lo verás más tarde, pero ahora entrégate, ofrécele tu boca al aire, siente a tu madre apretándonos la muñeca para acompañarnos a ver el miedo, el dulce acantilado, ella ha trabajado tanto, sabes, hijo, mientras tú te tejías, mientras me hacías hombre girando entre mi corazón y mis pulmones, ahora sí que sí, respire hondo, y algo se deslizó también por mis esfínteres, algo como una tersa serpentina, ya no tenía nada, me estaba vaciando, y estuve un rato quieto, muerto, enorme, con todas las entrañas y la vida al aire hasta que sí, estalló mi miembro entre los nudos de las sábanas, incluso más que cuando abrimos el canal aquella noche, más de lo que estallaba la mañana en la ventana o de lo que explota una escopeta que pretende defenderse disparando primero, el doctor Riquelme retiraba la mano deslumbrado por el chorro de luz y el festival de gritos y el concierto de sangre que resonaba como un órgano en toda la habitación hasta donde esperaba mi mujer diciéndonos: hemos abandonado la inocencia, y un llanto que no era nuestro alborotó las sábanas, el dolor, las membranas, las paredes, todo lo atravesó para surgir desde el canal de mis venas dilatadas como cordeles, para rozar los bultos expectantes de los testículos y derramarse entre las manos del doctor Riquelme, que lo mira y me mira y comprende que aquel niño es el mismo que seré, el que aún no he sido, el que no pude ser, y que aquella es mi cara y es idéntica y es otra y que acabo de engendrarme, y por eso la mujer que amé y me amó hasta el fondo de una noche veloz llora conmigo, hoy o mañana, abrazando a las enfermeras.

Madre atrás

Entré en el hospital muerto de odio y con ganas de dar gracias. Qué frágil es la furia. Podríamos gritar, golpear o escupir a un extraño. Al mismo a quien, según su veredicto, según si nos dice lo que ansiamos escuchar, de repente admiraríamos, abrazaríamos, juraríamos lealtad. Y sería un amor sincero.

Entré sin pensar nada, pensando en no pensar. Sabía que el presente de mi madre, mi futuro, dependía de un lanzamiento de moneda. Y que esa moneda no estaba en mis manos, quizá tampoco en las de nadie, ni siquiera en las del médico. Siempre he opinado que la ausencia de dios nos libera de un peso insoportable. Pero más de una vez, al entrar o salir de un hospital, he echado en falta la clemencia divina. Multitudinarios, llenos de asientos, pasillos, jerarquías y ceremonias de espera, silenciosos en sus plantas superiores, los hospitales son lo más parecido a una catedral que podemos pisar los descreídos.

Entré intentando evitar estos razonamientos, porque temía acabar rezando como un cínico. Le di un brazo a mi madre, que tantas veces me había brindado el suyo cuando el mundo era enorme y mis piernas muy cortas. ¿Es posible encogerse de la noche a la mañana? ¿Puede el cuerpo de alguien convertirse en una esponja que, impregnado de temores, adquiere densidad y pierde volumen? Mi madre parecía más baja, más flaca y sin embargo más grávida que antes, como propensa al suelo. Su mano porosa se cerró sobre la mía. Imaginé a un niño en una bañera, desnudo, expectante, apretando una esponja. Y quise decirle algo a mi madre, y no supe hablar.

La proximidad de la muerte nos exprime de tal forma que seríamos capaces de olvidar nuestras convicciones, supurarlas igual que un líquido. ¿Es eso necesariamente una debilidad? Quizá sea una última fortaleza: llegar adonde nunca sospechamos que llegaríamos. La muerte multiplica la atención. Nos despierta dos veces. La primera noche que pasé con mi madre cuando la internaron, o cuando ella se internó en alguna zona de sí misma, confirmé una sospecha: ciertos amores no pueden retribuirse. Por mucho que un hijo recompense a sus padres, siempre habrá una deuda temblando de frío. He oído decir, yo mismo lo he dicho, que nadie pide nacer. Pero nacer por voluntad ajena nos compromete más: alguien nos ha hecho un regalo. Un regalo que, como es habitual, no habíamos pedido. La única manera coherente de rechazarlo sería suicidarse en el acto, sin la menor queja. Y nadie que acompañe a su madre renqueante, a su madre encogida a un hospital, pensaría en quitarse la vida. Lo que ella le ha regalado.

¿Qué mal tenía mi madre? No importa. Eso es lo de menos. Queda fuera de foco. Era un mal que la hacía caminar como una niña, acercarse paso a paso a la criatura torpe que había sido al principio del tiempo. Confundía el nombre y las funciones de sus dedos como en un juego indescifrable. Mezclaba las palabras. No podía avanzar recto. Se doblaba como un árbol que desconfía de sus ramas.

Entramos en el hospital, no terminábamos de entrar nunca, aquel umbral era un país, una frontera dentro de otra frontera, y entrábamos en el hospital, y alguien lanzó una moneda, y la moneda cayó. Es tan elemental que la razón se extravía. Un mal tiene sus fases, sus antecedentes, sus causas. La caída de una moneda, en cambio, no tiene historia ni matices. Es un acontecimiento que se agota en sí mismo, que se resuelve solo. La memoria es capaz de suspender la moneda, dilatar su ascenso, recrear sus diminutas vacilaciones durante la parábola. Pero esos ardides sólo son posibles después de que haya caído. El movimiento original, el vuelo de la moneda, es de un presente absoluto. Y nadie, ahora lo sé, es capaz de especular mientras mira caer una moneda.

La esponja, dijo, la esponja un poco más arriba, dijo mi madre, sentada en la bañera de su habitación. Arriba, ahí, la esponja, me pidió, y a mí me impresionó el esfuerzo que había tenido que hacer para pronunciar una frase tan sencilla. Y yo le pasé la esponja por la espalda, hice círculos en los hombros, recorrí los omoplatos, descendí por la columna, y antes de terminar escribí en su piel mojada la frase que no había sabido decirle antes, cuando cruzamos juntos la frontera.

Una silla para alguien

Esta es tu silla, ¿ves?, sentate cuando quieras.

Le desplegué el respaldo, le revisé las ruedas y les pasé un trapito para que tus manos sigan blancas. Digo blancas, no inocentes, a vos y a mí la inocencia no nos interesa mucho. El color blanco sí porque viene del esfuerzo, hace falta cuidarlo.

Estuve preparándola, ¿sabés?, durante meses, años, no me acuerdo bien. Siempre me pasa lo mismo con esta silla, me concentro tanto en ella que el calendario se pone a rodar, y al final ya no sé hace cuánto te espero. Vení, voy a peinarte, voy a ordenarte el pelo con la paciencia de las grandes ocasiones, como si fueran las cuerdas de uno de esos instrumentos que tanto te entusiasman. Porque hoy, esta mañana o esta tarde, ¿qué hora será?, hoy mismo vamos a estrenar esta silla que no te ofende, como no pueden ofenderte la luz tibia, el perfume a café o esa brisa que va a deshacerte el peinado. Y así tiene que ser, ¿no te parece?, las cosas no se ordenan para que queden intactas, se acomodan para invitar al tiempo a que haga su trabajo.

Bueno, entonces estamos preparados, o casi. Estamos preparados, salvo por el detalle de la gorra. Esa gorrita verde, ¿te la dejamos o no? Hay que reconocer que te da un toque de humor, quizá te hace más joven. Aunque sé que también te quita perspectiva y te hace un balconcito de sombra. Mejor te la sacamos. También podés llevarla en el regazo, por si el sol se nos pone caprichoso.

El sol es caprichoso, me contestás, es su naturaleza. Detengo el impulso que ya estaba a punto de darle a tu silla. Tenés razón, mamá, mucha razón: es su naturaleza. Y que el sol sea imprevisible termina de darle su carácter de milagro. Muy bien, de acuerdo. Lo que no tengo claro es si eso quiere decir que te vas a poner la gorrita verde o no.

¿Nos queda alguna cosa más? A ver, repasemos. Cuando salimos juntos me distraigo fácilmente, podés tomártelo como un cumplido, mirá que sos coqueta. ¿Falta algo? ¿Tu pulsera de la suerte? ¿Tu chaleco liviano? ¿Tu pañuelo amarillo? Más abrigo no creo que necesitemos, acá el sol es caprichoso pero también fuerte. Te prometo una calle radiante. Te prometo que va a haber más pájaros que autos. Te prometo que vamos a reírnos. Y si después hay que llorar, lloraremos.

Qué delicia de aire, ¿lo notás?, imaginate entonces cómo va a acariciarnos cuando empecemos a movernos. Me gusta decirlo así, en plural, movernos, porque pienso que salir con la silla tiene esa ventaja, ¿no?, cada uno participa del cuerpo del otro, con un mismo empuje caminan dos. Hoy tus pies me parecen más lindos, se los ve con la curiosidad en los talones, impacientes dedo a dedo, esas sandalias no te las conocía.

Ahora, por favor, vamos soltando los frenos. Así, despacio. Uno, otro. Perfecto. Para ser la primera vez, parecés una experta. Avanzo, ya avanzamos. Esto es mucho mejor de lo que imaginaba. ¿Te gusta? ¿Te divierte? Juguemos a los barcos. Vos sos una vigía y yo soy un timonel. Allá voy, allá vamos. Ya te escucho cantar. Ya se inflan las velas. Qué rápido rodamos, esto hay que repetirlo. Allá van nuestras ruedas, que giren, que no frenen nunca más. ¿Vas bien? ¿Vas cómoda? Definitivamente, este paseo fue una gran idea. Silla veloz, silla de tiempo, silla vacía al aire. Silla colmada de alguien que se hubiera sentado.

Estar descalzo

Cuando supe que sería mortal como mi padre, como aquellos zapatos negros en una bolsa de plástico, como el balde con agua donde entraba y salía la fregona que restregaba el pasillo del hospital, yo tenía veinte años. Era joven, viejísimo. Por primera vez supe, mientras las estelas de claridad iban borrándose del suelo, que la salud es una película muy fina, un hilo que se evapora con el pasar de los pasos. Ninguno de esos pasos era de mi padre.

Mi padre siempre había caminado de manera extraña. Veloz y al mismo tiempo torpe. Cuando iniciaba sus caminatas, uno nunca sabía si iba a tropezarse o echar a correr. A mí me gustaban esos andares. Sus pies planos y duros se parecían al suelo que pisaba, al suelo del que huía.

Los pies planos de mi padre ya eran cuatro, se habían repartido en dos lugares distintos: en la camilla (unidos por los talones, ligeramente abiertos, evocando una irónica V de victoria) y dentro de aquella bolsa de plástico (a modo de recuerdo en los zapatos, imponiendo su molde al cuero). La enfermera me la entregó como se entregan unos desperdicios. Yo miré las baldosas, su tablero cambiante.

Me quedé sentado ahí, frente a las puertas del quirófano, esperando noticias o temiendo las noticias, hasta que saqué los zapatos de mi padre. Me levanté y los puse en el centro del pasillo, como un obstáculo o una frontera o un accidente geográfico. Los posé cuidadosamente, procurando no alterar sus bultos originales, la protuberancia de los huesos, su forma ausente.

Al rato la enfermera apareció a lo lejos. Atravesó el pasillo, eludió los zapatos y siguió de largo. El suelo resplandecía. De pronto la limpieza me dio miedo. Me pareció una enfermedad, una impecable bacteria. Me agaché y avancé a gatas, sintiendo el roce, el daño en las rodillas. Volví a guardar los zapatos en la bolsa. Apreté el nudo lo más fuerte que pude.

De tarde en tarde, en casa, me pruebo esos zapatos. Cada vez me quedan mejor.

Juan, José

1. Juan

Escribo estas líneas para ordenar el tiempo. No hay nada más desordenado que dejar de escribir lo que sucede. Y las cosas en casa, últimamente, son un puro desorden.

Mi madre acaba de servirme el desayuno. Su sonrisa parece tan idéntica mañana tras mañana, que empiezo a sospechar que no percibe que los días pasan. ¿Vivirá instalada en un pasado continuo que ha desplazado al presente? Sería una forma ingeniosa de eludir el futuro, que en su caso no creo que le depare grandes promesas. Quiero mucho a mi madre.

Lo de mi padre es distinto. No porque yo no lo quiera, sino porque ninguno de los dos hemos logrado ponernos en el lugar del otro. Es paradójico: para afirmarlo he tenido que ponerme en su lugar. Precisamente por eso, insisto, me insisto, escribo estas líneas. Si no me cuento el asunto, no entiendo qué lugar ocupa nadie. El caso de mi padre es diferente porque trabaja y tiene, por así decirlo, su mundo fuera de nuestro mundo. Él habita la casa de manera más saludable porque no está realmente aquí: nos visita y desaparece. Cuando le quedan pocos minutos para marcharse, noto cómo se alegra. Le sobreviene un humor tan excelente que es una lástima, pareciera decirnos, que tenga que marcharse a la consulta. Pero así es la lealtad con los pacientes, etcétera. ¿Cuánto de esto nota mamá? Misterio. Ella sonríe y me prepara el desayuno.

¿Y yo? Hablo poco con mi padre, me callo demasiado con mi madre y me avergüenza comprobar cómo sigo eludiendo las tareas domésticas. Acabo de cumplir treinta y tres años y todavía vivo en la casa de mis padres. Formulado así, descriptivamente, ya suena a reproche.

¿Qué otras introspecciones podría hacer? Muchas, pero no ahora. Tengo que leer mis últimos informes, anotarlos y pasar todo a limpio antes de la sesión con José.

2. José

Lunes 30 de abril. La situación a veces parece estancarse. No sé si interpretarlo como un fracaso o un pequeño logro. Trato de estimularme pensando que, sin mí, el paciente estaría peor. Este consuelo me dura poco. Lo que tardo en decirme que otros con más experiencia que yo habrían conseguido progresos quizá mayores.

Juan continúa empeñado en comportarse como si sus padres estuvieran vivos. Así de simple y así de aterrador. Para él siguen ahí, nada ha cambiado en su casa. De vez en cuando intento refutarle cuidadosamente esa impresión. Por lo general, me limito a escucharlo esperando alguna reacción por su parte. Cuando se contradice en este asunto, intento mirarlo expresivamente. Él interpreta que le doy la razón.

No hay muchos consejos para darle a alguien que se ha quedado huérfano. Pero uno de ellos es evidente, y se lo dejo caer de vez en cuando: hace tiempo que Juan debería haberse mudado. Abandonar ese lugar y lo que representa, su mobiliario de memoria. Como define Bachelard, hay lugares que son un tiempo. Eso le ocurre a Juan: no cambia de lugar y su tiempo no transcurre. Pese a la derivación patológica, me doy cuenta de que su conflicto no difiere esencialmente del paradigma habitual. Digamos que, ante un dolor normal, él ha reaccionado de forma anómala. O ni siquiera: ha reaccionado de forma clásica, pero extremando tanto todos los procesos que ha acabado enfermando.

Lo que más lamento es que Juan se encontraba ante la ocasión de resolver dos conflictos con un solo movimiento. Ya pasa de los treinta. Vive en la misma casa donde lo criaron sus padres. Y su sueldo bastaría para una persona sola. Vale decir que, si lograse dar el paso de mudarse, derrotaría juntos a sus dos mayores fantasmas: la emancipación y el duelo. Aferrándose a la casa familiar, Juan no solo se aferra a figuras ausentes sino a una identidad regresiva que funciona como un espacio, un hábitat. Y teme, si sale, quedar a la intemperie.

3. Juan

Debo admitir que, por momentos, el cuadro clínico me desborda. En los años que llevo ejerciendo (no muchos, pero sí muy intensos) jamás me había visto implicado en una dinámica parecida. El paciente insiste en preguntar una y otra vez por mis propios parientes, en interrogarme acerca de sus edades, hábitos, estados de salud, vínculos familiares, etcétera. Durante las últimas sesiones, José indaga (yo lo dejo creer que indaga) en las vulnerabilidades de mis padres, obsesionado como se encuentra por la pérdida de los suyos. Es como si, transferencialmente, José necesitara repartir el peso de su orfandad con su interlocutor.

A través de esta extraña proyección, el paciente ha conseguido visualizar más claramente sus propios traumas y analizarlos con cierta imparcialidad. Gracias a la información indirecta que voy dándole acerca de sí mismo, él a su vez va respondiéndome con mayor lucidez. Ignoro hasta qué punto esta estrategia es admisible. Pero, desde que procedo así con él, los resultados mejoran.

Al enfocar presuntamente las sesiones a partir de mi circunstancia, y no de la suya, José se vuelve más colaborador, abandonando su actitud defensiva para incluso mostrarse autocrítico. Es obvio que esta autocrítica nace limitada, al apoyarse en un malentendido de base. Aunque en la praxis comunicativa los síntomas parezcan positivos, no dejo de plantearme si, en este intercambio de papeles, el paciente encuentra una vía catártica o un pretexto inteligente para delegar responsabilidades. Se supone que yo debería ser capaz de calibrar estas ambigüedades, pero ahí reconozco mis limitaciones. Metodológicamente, no es difícil jugar al juego de José. He aprendido a hacerlo: tomo nota mental de los comentarios del paciente, mientras le hablo en primera persona de los problemas que lo aquejan a él. Me pregunto en qué fase del juego podré invertir el tablero y mostrarle el auténtico estado de las piezas. Y sobre todo me pregunto si, justo antes de ese crucial momento de agnición, José me dará algún tipo de aviso.

Intercalo dos breves paréntesis de índole personal.

Uno: aunque sinceramente creo mantener la debida distancia a lo largo de las sesiones, no dejan de inquietarme los escorzos autobiográficos que últimamente me veo obligado a hacer. En especial, cuando el paciente me interroga sobre detalles concretos que desconozco en su caso y que, para mantener la ficción de verosimilitud, me fuerzan a responderle con la verdad (o con cierta versión de la verdad) sobre mí mismo. En la última sesión, por ejemplo, José se interesó por el trato que mi padre le había dispensado a mis mascotas. Como yo ignoraba ese pormenor de su infancia, tuve que contestarle recurriendo a mi propia memoria infantil. Fue apenas un detalle, pero me puso en guardia.

Dos: exponiéndole el caso a mi padre, él quizá podría orientarme desde su larga experiencia. Pero temo que, si lo dejase intervenir, su ayuda resultase contraproducente para mi autoestima. Desde siempre mi padre ha tendido a invadir mi territorio profesional, tanto como se evade de su territorio conyugal. Sé bien que esas intrusiones han sido consentidas y que, en última instancia, son culpa mía. Esa misma certeza me detiene. Por otra parte, si pese a todo decidiera hablar con mi padre sobre José, estaría incurriendo en una paradoja imperdonable: procurar que mi paciente se emancipe de la figura paterna, mientras yo mismo doy un paso atrás al respecto.

4. José

Lunes 14 de mayo. Las sesiones continúan discurriendo del siguiente modo. Juan se presenta en la consulta y, para ser capaz de nombrar su luto, o quizá para eludirlo, se comporta como si él fuese el terapeuta. Yo, a mi vez, trato de formularle todas las preguntas y observaciones que mi rol de simulado paciente me permite. Esta dinámica viene manteniéndose desde la última crisis aguda que sufrió el paciente. Si entonces accedí a este enroque simbólico —naturalmente sin llegar a revelarle nada de veras íntimo, y preservando en todo momento la reserva que dictan el oficio y el sentido común—, ello se debió a que el paciente no tardó en comenzar a hablar de sí mismo con una fluidez y una franqueza antes impensables. Aunque sigo albergando ciertos escrúpulos respecto a esta maniobra, repasando mis fichas advierto que, por comparación, las conclusiones de las sesiones con Juan no se diferencian tanto de las de otros pacientes que siguen la terapia ortodoxa. Según su evolución en las próximas semanas, consideraré la posibilidad de prolongar un poco más la excepcionalidad o, eventualmente, devolver las sesiones a su lugar y restituirle al paciente sus medicaciones previas (ver recetas17.doc).

El monotema de nuestro intercambio no presenta variaciones significativas. Cuando, en mi rol de supuesto paciente que experimenta la clásica curiosidad hacia su terapeuta, lo interrogo acerca de su propia vida personal, Juan se refiere a su rutina como dando por sentado que sus padres viven. Incluso me describe pequeños incidentes cotidianos con una vividez sobrecogedora. Haciendo abstracción de la patología, sus reflexiones sobre el matrimonio, la convivencia o la autocomplacencia de los hijos resultan de una profundidad —y una mordacidad— asombrosas. Pese a mis prevenciones, no puedo sino aprobar íntimamente muchos de esos comentarios.

Por poner un ejemplo, en la sesión de hoy me ha manifestado que la generación nacida en los 70 es huérfana por exceso. Es decir, una generación que se siente desprotegida por culpa de la protección enfermiza que sus padres le han dado. Juan es más o menos de mi generación, y yo también soy hijo único. Esta circunstancia contribuye a que a veces, fugazmente, me distraiga de su caso para remitirme a mi propia experiencia. Lo cual dificulta más el exigente equilibrio que nuestro juego de inversiones me obliga a mantener. Hago constar, a modo de llamada de atención, estas pequeñas interferencias en la comunicación con el paciente.

5. Juan

José da por momentos muestras de empeorar, o al menos creo intuir en él síntomas de una inminente recaída. En las últimas sesiones, tan solo colabora cuando la alteración de nuestros roles se escenifica de manera muy rígida. Hasta hace poco, yo lograba trasladar el diálogo a una zona intermedia en la que, pese a las premisas del juego, me era posible moverme con relativa libertad e inducirlo a expresarse, siempre que nuestro reparto tácito (él ansía preguntar, a mí no me molesta responder) no fuese cuestionado explícitamente.

Ahora, sin embargo, la actuación se complica debido a que José apenas se permite digresiones personales, y tiende a resistirse cuando me salgo del guion y le formulo preguntas íntimas. De esta forma me veo limitado a proyectar sus propias inquietudes en mis cada vez más largos monólogos, debiendo conformarme con cazar al vuelo, y analizar rápidamente, sus escuetas apostillas. A través de mis respuestas, procuro insuflarle al paciente ciertas dosis de realidad, a sabiendas de la repercusión especular que mis palabras tienen en él. Lo incómodo, desde un punto de vista subjetivo, es que esta intensificación de la dinámica ha propiciado que el paciente se sienta con derecho a hacerme interrogatorios cada vez más impertinentes, dirigiéndose a mí en un tono exasperante.

Llegados a este extremo, y releyendo los informes de las últimas sesiones, dudo de hasta qué punto he acertado al reforzar el juego de José. Para mayor confusión, dentro de su creciente mutismo, el paciente muestra una estabilidad de ánimo de la que antes carecía, y sus gestos (voz, ademanes, coordinación motora) se han serenado notablemente. He expuesto al principio, de acuerdo a la evolución del juego de roles, mi sospecha de que el paciente pueda haber empeorado. Sin embargo, desde una perspectiva estrictamente conductual, parece haber mejorado. Respecto a esta aparente contradicción, temo que mi escasa experiencia profesional esté jugándome una mala pasada, aun cuando percibo cómo dicho bagaje se enriquece con el experimento. Tengo la convicción de que, por la vía de esta praxis atrevida, alcanzaré antes el nivel de mi padre, igualando o superando su desempeño clínico. Por el momento continúo sin hablar con él de este caso. No sería recomendable. Esto es algo que debo resolver yo solo, yo solo.

6. José

Lunes 28 de mayo. Esperanzadoramente, Juan parece haber asumido mis frecuentes preguntas como un hecho consumado, y se doblega ante el deber de responderlas. Las confidencias ficticias que me veía obligado a hacerle se han reducido al mínimo, y predominan los momentos en los que me limito a escuchar y a ejercer mi verdadero rol un tanto paradójicamente. Es decir, pretendiendo que soy un paciente que prefiere escuchar las confidencias de su locuaz terapeuta.

No se me oculta que los progresos de Juan resultan más bien tortuosos, de una complejidad y sutileza que no dejan de sorprenderme. El paciente ya no solo finge que es él quien en teoría me trata a mí, sino que ahora simula consentir a regañadientes mis preguntas. Con regularidad, me comunica agresivamente su disgusto o expresa su malestar ante estos cuestionarios. En otras palabras, Juan parece en vías de superar una zona de su antiguo conflicto, pero a condición de inaugurar entre nosotros uno nuevo. El cual confío que sea provisional, una especie de dolor-andamio. Mientras tanto, el paciente habla menos de la presencia objetiva de sus padres en la casa y evoca más sus figuras en sí, centrándose en el significado emocional que han tenido para él. Son, como digo, síntomas positivos.

Lo único que enturbia un tanto este fundado optimismo es que, después de muchos meses, cedí a la tentación y telefoneé a mi padre para hablarle de Juan, sin duda el paciente más intrincado de cuantos he tenido ocasión de tratar. Quizá yo no estuviera buscando su parecer profesional tanto como su aprobación paterna. Es posible. La cuestión es que esta tarde, al salir de la consulta, he llamado a mi padre para hablarle del caso. Y —para mi decepción— él me ha desaconsejado enérgicamente continuar con el juego de inversiones, y ha opinado que convendría derivarlo con urgencia a otro colega.

Esto, aunque no debiera, me crea nuevas dudas respecto a mi actuación con Juan. No sé para qué le habré sacado el tema a mi padre, si ya conozco bien cómo terminan nuestras discusiones. Siempre tratando de quedar por encima de mí, él. Al regresar a casa, se lo he contado a mamá. Como de costumbre, ella no ha dicho nada.

EL ÚLTIMO MINUTO

La bañera

Mi abuelo se quitaba prenda a prenda hasta quedar desnudo. Se miraba el cuerpo enfermo, flaco y sin embargo erguido. El espejo del cuarto de baño había ido oscureciéndose con él a lo largo de los años: ahora le quedaba una insegura pátina salpicada de puntos, y una bombilla de cuarenta vatios encima. Mi abuelo dobló con cuidado su ropa. La dejó encima de la tapa del retrete. Se detuvo un momento con las pantuflas de lana colgando de dos dedos, y decidió sacarlas al pasillo. Entonces trabó por dentro la puerta.

No hacía frío. Desnudo se sintió mucho más cómodo. Después le dio vergüenza y abrió los grifos. Los azulejos empezaron a empañarse. Mi abuelo introdujo una mano en el agua y la removió. Reguló varias veces la temperatura. Se sentó en el borde de la bañera a esperar.

Los chorros dejaron de agitar la superficie. El agua pasó de turbia a transparente. Con lentitud, mi abuelo metió un pie y después el otro, buscó un contacto tibio con las nalgas. Quedó sentado en el agua con las rodillas flexionadas y los brazos rodeándole las piernas. Suspiró. Acudían a su memoria episodios remotos: un niño en pantalones cortos sobre una bicicleta, repartiendo el pan; una señora obesa, postrada en un camastro, dándole instrucciones y exigiendo el desayuno; un señor alto y rubio, vagamente extranjero, acariciándole la cabeza en un muelle del puerto; un gigantesco buque rojo y blanco y negro alejándose de su vista; el campo verde, abierto, una casa sin chimenea; la pequeña biblioteca que un muchacho erguido consultaba de noche, entre los gritos de la señora obesa; un funeral desierto, un ataúd enorme; una casa distinta, con más luz, una hermosa joven sonriéndole; un niño en pantalones cortos, sobre una bicicleta, que jamás necesitaría repartir el pan al amanecer; otra niña estudiando en la cocina; una fábrica, decenas de sombras sin nombre y unos pocos rostros amables; un muchacho y una muchacha, sin bicicletas ya, sin cuadernos; una boda; otra boda; una casa vacía, menos luz; una voz compañera, tranquilizadora; los paseos idénticos de idénticas mañanas; una paz agridulce; el consultorio de una clínica; un médico diciendo disparates; una anciana saliendo a hacer la compra; un sobre rectangular escrito a mano, en tinta azul, sobre la mesa de la sala; un anciano desnudo, hecho un ovillo, rodeado de agua quieta.

Nada se oía, salvo el leve goteo de uno de los grifos. Gota a gota contó hasta diez, hasta veinte, treinta, contó cincuenta, llegó a cien gotas. Deshizo el nudo de los brazos y, tomándose la cabeza, se reclinó hacia atrás hasta tocar con la espalda el mármol del fondo. Bajo el agua, entre reflejos turbios, mi abuelo apretó bien los labios para que no se le escapase el aire y se obligó a permanecer inmóvil.

Pero entonces sucedió algo imprevisto, algo que he imaginado: súbitamente, mi abuelo se incorporó con energía y empezó a jadear. Tenía la cara descompuesta, los ojos inflamados y el cabello hecho una medusa; pero aún respiraba. A su mente, esta vez, no acudió ninguna imagen. Estaba a solas con el agua, con los grifos, con los azulejos, con la bañera, con el vapor y el espejo, con su cuerpo desnudo. Sé que en ese momento, jadeante y solo, mi abuelo debió de esbozar una media sonrisa y obtener un último bienestar.

Entonces sí, apretó de nuevo los labios y los párpados, se reclinó de espaldas hasta sentir el mármol y mi abuelo dejó de ser mi abuelo.

El fusilado

Cuando Moyano, con las manos atadas y la nariz fría, escuchó el grito de «Preparen», recordó de repente que su abuelo español le había contado que en su país solían decir «Carguen». Y mientras recordaba a su difunto abuelo, le pareció irreal que las pesadillas se cumplieran. Eso pensó Moyano: que solía invocarse, quizá cobardemente, el supuesto peligro de realizar nuestros deseos, y solía omitirse la posibilidad siniestra de consumar nuestros temores. No lo pensó en forma sintáctica, palabra por palabra, pero sí recibió el fulgor ácido de su conclusión: lo iban a fusilar y nada le resultaba más inverosímil, pese a que, en sus circunstancias, le hubiera debido parecer lo más lógico del mundo. ¿Era entonces lógico escuchar «Apunten»? Para cualquier persona, al menos para cualquier persona decente, esa orden jamás llegaría a sonar racional, por más que el pelotón entero estuviese formado con los fusiles perpendiculares al tronco, como ramas de un mismo árbol, y por más que a lo largo de su cautiverio el general lo hubiese amenazado con que le pasaría exactamente lo que le estaba pasando. Moyano se avergonzó de la poca sinceridad de este razonamiento, y de la impostura de apelar a la decencia. ¿Quién a punto de ser acribillado podía preocuparse por semejante cosa?, ¿no era la supervivencia el único valor humano, o quizá menos que humano, que ahora le importaba en realidad?, ¿estaba tratando de mentirse?, ¿de morir con alguna sensación de gloria?, ¿de distinguirse moralmente de sus verdugos como una patética forma de salvación en la que él nunca había creído? No pensaba todo esto Moyano, pero lo intuía, lo entendía, asentía mentalmente como ante un dictado ajeno. El general aulló «¡Fuego!», él cerró los ojos, los apretó tan fuerte que le dolieron, buscó esconderse de todo, de sí mismo también, por detrás de los párpados, le pareció que era innoble morir así, con los ojos cerrados, que su mirada final merecía ser al menos vengativa, quiso abrirlos, no lo hizo, se quedó inmóvil, pensó en gritar algo, en insultar a alguien, buscó un par de palabras hirientes y oportunas, no le salieron, qué muerte más torpe, pensó, y de inmediato: ¿Nos habrán engañado?, ¿no morirá así todo el mundo, como puede? Lo siguiente, lo último que escuchó Moyano, fue un estruendo de gatillos, mucho menos molesto, más armónico incluso, de lo que siempre había imaginado.

Eso debió ser lo último, pero escuchó algo más. Para su asombro, para su confusión, las cosas siguieron sonando. Con los ojos todavía cerrados, pegados al pánico, escuchó al general pronunciando en voz bien alta «¡Maricón, llorá, maricón!», al pelotón retorciéndose de risa, oyó el canto de los pájaros, olió temblando el aire delicioso de la mañana, saboreó la saliva seca entre los labios. «¡Llorá, maricón, llorá!», le seguía gritando el general cuando Moyano abrió los ojos, mientras el pelotón se dispersaba dándole la espalda, comentando la broma, dejándolo ahí tirado, arrodillado entre el barro, jadeando, todo muerto.

Afuera no cantaban los pájaros

Sobre los muebles del despacho caía la luz de costumbre. A medio abrir, la persiana de varillas repartía las sombras como si fueran barajas. Junto a varios montones de fichas de cartulina escrupulosamente alineadas, a un costado de la mesa, una jarra de agua proyectaba distorsiones y reflejos. En el centro, la mano pulcra y pálida de la doctora Freidemberg garabateaba en una de las fichas. El blanco agudo del delantal jugaba al ajedrez con la butaca de cuero negro.

El timbre del teléfono interrumpió la escritura.

¿Sí? ¡Doctora Freidemberg, doctora! Sí, ¿dígame? ¡Doctora, esto se acaba! Perdone, ¿con quién hablo? ¡Soy yo: Castillo! Ah, cómo le va, Castillo, qué desea. La llamo para anunciarle que voy a suicidarme. ¿Cómo dice, Castillo? Que pienso suicidarme en cuanto cuelgue, la llamo porque había prometido avisarle antes de hacerlo, no tengo gran cosa que decirle aparte de eso. Pero, Castillo, usted es consciente de... Perfectamente, doctora, perfectamente. A ver, Castillo, por qué mejor no almuerza tranquilito, pasa por la consulta esta tarde y me lo explica en persona. Olvida usted que las consultas son los jueves, doctora. Pero este es un caso de fuerza mayor, hombre, podemos trasladar la sesión del jueves a hoy. Al contrario, este es un caso extremadamente sencillo, se trata sólo de agradecerle su comprensión durante todo este tiempo y de que sepa que voy a ahorcarme en la habitación de mi hija, ha sido usted de gran ayuda para mí, doctora, no sabe la tranquilidad que siento ahora que sé que debo morir. Escúcheme bien, Castillo, ahora mismo usted se toma un taxi y se viene inmediatamente a mi consulta, lo espero dentro de media hora, además, cómo se le ocurre que va a ahorcarse en la habitación de su hija. Mi hija se fue de casa hace dos semanas, como bien sabe usted. ¡Caramba, ya lo sé, pero de todas formas!, ¿le parecería bonito que su hija supiera que su padre se colgó en la misma habitación donde ella ha dormido tantas veces, cómo cree usted que se sentiría? En eso tiene razón, doctora, lo que ocurre es que en la habitación de mi hija está la única lámpara propicia, yo no pretendo herirla en sus sentimientos, todo lo contrario, acabo de dejarle una carta extensísima donde le explico todo con lujo de detalles. ¿Ha escrito usted una carta? Sí, doctora, y le aseguro que es lo suficientemente efusiva como para que mi hija no se tome mi suicidio como algo personal. Pero, Castillo, ¿cuánto tiempo lleva meditando esta idea? Bueno, no podría responderle con exactitud, en realidad si uno lo piensa bien llega a la conclusión de que lleva pensándolo más o menos toda la vida, estas cosas no son instintivas, doctora, no intente convencerme porque se trata de una cuestión de principios, ya hemos hablado de esto muchas veces, no sé de qué se sorprende. ¡Pero en el último mes ni siquiera habíamos vuelto a mencionar el tema! Precisamente, doctora, precisamente, ya lo tenía decidido y no quedaba nada más que hablar de eso. Siempre quedan muchas cosas por hablar, se lo aseguro. ¿Ah, sí?, ¿como qué, por ejemplo? Como por ejemplo las infidelidades de su mujer, hasta ahora hemos analizado más las culpas de su mujer que las suyas propias. No necesito que me las recuerde, doctora, mis propias culpas las purgo yo solito, ya ve que no me las arreglo mal para eso, ahí está la cuerda, esperándome. ¿Pero no le asusta la muerte, Castillo? La muerte es hermosa, doctora. ¿Y usted cómo lo sabe? Lo sé, lo sé, créame. No puedo creerle porque usted y yo estamos vivos, afortunadamente. Es muy pobre estar vivo, doctora. ¿Cómo dice? Que un cadáver es un cuerpo que ha conocido la vida, pero en cambio nosotros no conocemos qué es estar muerto, por lo tanto nos falta algo. ¡Es a ellos a quienes les falta, les falta la vida, Castillo, la vida, que es lo que le permite a usted estar diciéndome disparates por teléfono! Los muertos son más sabios. ¡La sabiduría es la memoria, Castillo! Sí, pero la memoria más perfecta es la que dejan los muertos. Bueno, mire, le propongo un trato: de ahora en adelante vamos a dedicar nuestras sesiones a discutir la idea de la muerte, vamos a pasar horas analizando libros, películas, experiencias propias y ajenas relacionadas con la muerte, y así, al cabo de un tiempo, podremos decir que sabemos del morir tanto o más que los muertos del vivir, pero con una maravillosa ventaja: nosotros estaremos aquí para contarlo, y ellos no, ¿qué le parece?

¡Conteste, Castillo, qué le parece! Está usted intentando convencerme, carajo, siempre está intentando convencerme de algo, ya estoy harto de que me haga creer que me equivoco. Ay, es la vida misma la que lo está persuadiendo. No, doctora, la vida me ha persuadido para que me cuelgue, usted no puede entenderlo porque las cosas le van estupendamente, pero los miserables como yo no tenemos por qué seguir sufriendo la humillación de levantarnos cada mañana y evitar los espejos para no llorar de vergüenza por los sueños que teníamos de jóvenes. Usted qué sabrá cuántos sueños he tenido que resignar, Castillo. No, no lo sé, la verdad, pero sí sé que ahora está en su consulta, con la pared llena de diplomas y una vocación cumplida y un buen sueldo, ¡mierda si tiene un buen sueldo!, no voy a saber yo cómo les roba a sus pacientes... ¡Castillo! Claro, para usted debe ser reconfortante pasarse el día escuchando las penas de los demás, y después llegar a casita y decir: ¡por fin en paz!, ¡por fin tranquila!, y salir a cenar o a ver una película bien acompañada, y después dar un paseo por el centro pensando: ¡qué preciosa noche...! Se equivoca, Castillo. Y después llegar a casita de nuevo y servirse la última copa, poner algo de música... ¡Le digo que está equivocado! Y después ir al dormitorio, dejar que la desnuden muy despacio... Pero escúcheme... Follar hasta que amanezca como una perra desesperada... ¡Castillo, cómo se atreve!

La doctora Freidemberg encendió un cigarrillo.

Doctora, le pido perdón por entrometerme en su vida sexual, estoy algo alterado, aunque reconozcamos que usted conoce al dedillo la mía, en fin, mil disculpas, no quiero morir con mala conciencia. Escúcheme muy bien: le agradezco que retire el comentario, pero ese no es el punto, Castillo, usted necesita reflexionar menos acerca de sí mismo y abrirse a los demás, usted cree que conoce la vida y sólo se fija en la suya, es natural que se considere desgraciado porque nunca se le ocurre pensar en los problemas ajenos. Es que mis problemas son más graves que los ajenos, doctora. Todos tenemos conflictos, Castillo. No me diga, ¿y qué problemas graves puede tener una mujer como usted, por ejemplo? Mire, para empezar, ya que tanta curiosidad tiene, le informo que estoy divorciada hace siete años, y que desde entonces son muy pocas las veces que he tenido la oportunidad de cenar a la luz de las velas, como usted dice. Yo no he dicho eso, he dicho solamente tomar una copa y poner música, ¿lo ve, lo ve?, al menos tiene usted el privilegio de una noche romántica de vez en cuando, no tiene derecho a quejarse. ¿Y qué me dice del privilegio de separarme otras dos veces, y de perder el juicio por el reparto de bienes con mi ex marido, le parece romántico? Yo sé muy bien lo que es separarse, doctora, y separarse cornudo. Fíjese, yo en cambio no he tenido ese placer, a mí me tocó más bien el honor de abandonar yo misma al hombre que me daba puñetazos. ¿Cómo, su marido le pegaba? No, mi marido no: el otro tipo con el que cenaba a la luz de las velas. ¡Carajo! En fin, Castillo, como ve, tiene que aprender a pensar en los demás. No sé, doctora, yo lo único que pienso ahora es que deberíamos suicidarnos juntos. Yo jamás he pensado en quitarme la vida, Castillo. Allá usted, a mí los males de los demás no me consuelan del mío. ¡Pero si sus males no son para tanto, hombre, me los ha contado todos y le aseguro que conozco a un montón de pacientes en su situación, e incluso en peores condiciones! Y qué, ¿le parece interesante comparar desgracias ajenas? Desde un punto de vista estrictamente profesional, sí. O sea, cuanto más suframos los pacientes, mejor para usted. ¡No diga tonterías! Cuanta más miseria pasemos los demás, más dinero y experiencia acumulada para usted, ¿eh? Acabo de demostrarle que conozco el dolor íntimo, Castillo. Muy bien, entonces por qué no se analiza a sí misma y deja que los demás nos colguemos en paz. Castillo, me están entrando ganas de desistir y dejarlo que haga una locura... Ah, no me diga. Sí, sí le digo. ¡No te voy a dar ese gusto, hija de puta! Haga el favor de no insultarme. ¡Me limito a llamarte por tu nombre, puta del desengaño, bruja de la locura, cállate de una vez! ¡Castillo! ¿Colgarme yo, para que el día de mi funeral pienses: hicimos lo que profesionalmente se pudo, pero al fin y al cabo se lo tenía merecido? ¡Pero cómo se le ocurre semejante...! Nada, no me cuelgo nada y se acabó, ¡qué te has creído!, y además, voy a joderte por partida doble: ni vas a ir a mi funeral, ni vas a tener paciente los jueves a las seis, ¡hasta nunca, bruja!

La doctora Freidemberg tardó varios segundos en soltar el teléfono. Por el auricular se oía el pitido monótono de la línea. Lo colocó sobre el aparato, buscó una llave en su bolsillo y abrió uno de los cajones. Escogió una ficha, hizo algunas anotaciones y la devolvió al cajón. Una rejilla de luz ámbar rayaba el escritorio y las mangas de su delantal. Afuera no cantaban los pájaros. La jarra de agua, casi vacía, proyectaba distorsiones y reflejos tornasol.

Después de Elena

Después de la muerte de Elena, decidí perdonar a todos mis enemigos.

Nos tranquiliza creer que las grandes decisiones se toman poco a poco, se gestan con el tiempo. Pero el tiempo no gesta nada. Sólo erosiona, resta, rompe.

Cambié de orden los muebles. Desalojé sus cosas. Limpié a fondo su estudio. Una semana más tarde, doné toda su ropa a un hospicio. Ni siquiera sentí el consuelo de la beneficencia: lo había hecho por mí.

Siempre había imaginado que perder a la persona amada se parecería a abrir un hueco infinito, a inaugurar una carencia permanente. Cuando perdí a Elena, sucedió todo lo contrario. Me sentí clausurado por dentro. Sin objetivos, sin deseos, sin temores. Como si cada día fuese la prórroga de algo que en realidad había concluido.

Seguí yendo a la facultad, no tanto por aferrarme a mi rutina o mi salario. Con los estúpidos ahorros que habíamos reunido para quién sabe cuándo, más el dinero de la póliza, podría haberme permitido una excedencia. Continué con las clases sólo por comprobar si, con la joven evidencia de los nuevos estudiantes, lograba convencerme de que el tiempo seguía transcurriendo, de que el futuro existía.

El fin de la lectura

Una tarde cualquiera, mientras repasaba mi lista de teléfonos en busca de algún nombre agradable, me propuse dos cosas simultáneas: volver a fumar y anunciar a mis enemigos que los perdonaba. Lo primero era un intento de demostrarme que, aunque Elena ya no estuviese, yo seguía respirando. De llamarme a mí mismo la atención sobre el hecho de que sobrevivía a cada cigarrillo. Lo segundo no lo planeé. No hubo bondad. Lo percibí como algo inevitable, consumado de antemano. Simplemente vi en mi agenda los nombres de Melchor, Ariel, Rubén, Nora. Al principio traté de evitar la idea. Pero con cada fósforo que encendía (siempre he preferido la lentitud de los fósforos a la inmediatez de los encendedores), yo pensaba: Melchor, Ariel, Rubén, Nora.

Melchor me odiaba porque nos parecíamos. Dos personas con ambiciones semejantes se recuerdan continuamente sus propias mezquindades. Yo lo odié desde el principio. Aunque también lo admiré, cosa que dudo que él hiciera. No porque Melchor fuese peor que yo, sino por vanidad mía: lo que admiraba en él era todo eso que, de alguna forma, me enorgullecía de mí mismo. Y me disgustaba que Melchor no lo reconociese también en mi persona. Durante algún tiempo me engañé considerándome más noble que él. Con el paso de los cursos y las reuniones de departamento, acabé comprendiendo que esa admiración no correspondida se basaba en una brutal coherencia por parte de Melchor. Para él, si éramos enemigos, eso éramos.

Lo más miserable de él era su pose desinteresada. Se me hacía insoportable esa manera de codiciarlo todo con cara de humildad. Semejante impostura, que para mí era tan ostensible como un paraguas bajo el sol, le reportó numerosas adhesiones. Melchor tenía a más de medio departamento de su lado, y sus acólitos repetían religiosamente la cantinela de que era un hombre recto, insobornable y ajeno al mercadeo de influencias en el que todos los demás caíamos. Esto, y no su reconocimiento académico, era lo que más me exasperaba. Durante los primeros tiempos hice algún que otro intento de acercamiento, no sé si por debilidad o por estrategia. Pero Melchor se mostró inflexible, me rechazó sin ningún tacto y me dejó dos cosas claras. Que jamás se rebajaría a la diplomacia conmigo. Y que en su fuero íntimo me temía tanto como yo a él.

En los últimos años apenas nos habíamos dirigido la palabra. Algún saludo aislado, de sardónica cortesía, en tal o cual conferencia. En esas oportunidades, en cuanto yo pasaba cerca, Melchor corría a rodearse de los suyos y se esforzaba por parecer indiferente. Mi táctica era distinta: me detenía a hablar con sus lacayos, me mostraba extremadamente cordial con ellos, y al continuar mi camino disfrutaba con la idea de haber sembrado ciertas dudas en su grupo.

Mi enemistad con Ariel era bien distinta. Quizá fuese más violenta. Aunque por eso mismo resultaba más inofensiva. Ariel era, digamos, un envidioso clásico. Y, como todos los envidiosos clásicos, su furia se volvía de manera irremediable contra sus propios intereses y le iba arrebatando la poca felicidad de la que disponía. Como él era capaz de provocarme cierta agresividad impropia de mi carácter, muchos supusieron que lo consideraba mi peor enemigo. Sin embargo yo detectaba algo purificador en mis arranques de ira contra Ariel, y bajo esa hostilidad creía percibir un pequeño, asombroso resquicio de piedad. Los seres torturados cuentan con esa ventaja: obtienen de nosotros, no sé si injustamente, mayor benevolencia que aquellos que mantienen intacta su capacidad de goce. El dolor gratuito de los demás nunca nos ofenderá tanto como su felicidad bien ganada.

Mientras Ariel estuvo por debajo en el escalafón académico, nos hizo la vida imposible a tres o cuatro compañeros. Cuando al fin obtuvo su plaza fija, pareció apaciguarse y entre nosotros se fraguó una de esas falsas camaraderías en las que yo tan bien he sabido desenvolverme. Por supuesto, jamás bajé la guardia. Continué vigilando sus movimientos, y procuré valerme de su presunta complicidad cada vez que hubo un conflicto en el departamento. Me consta que Ariel hizo lo mismo. Sé que fue él quien, hace años, se encargó de hacerle llegar a Elena el rumor de que yo me acostaba con una alumna. Como la comunicación con Elena (aquel tesoro nuestro) nos permitió aclararlo, nunca le hice saber a Ariel que había descubierto su maniobra. Dejé correr el asunto y me dediqué a contemplar con satisfacción y lástima cómo, siempre soltero, siempre falto de amor, él seguía consumiéndose de envidia. Cuando me telefoneó para darme el pésame, la última frase que Ariel pronunció se me quedó atravesada en la garganta: «No puedo ni imaginarme lo que debe de ser perder a una mujer como Elena». Sigo sin saber si fue un gesto de conmovedora franqueza, o el dardo más cruel que me haya lanzado.

¿Qué podría decir de mi enemistad con Rubén? Fue sin pasiones. Carente de exabruptos. Más que un acto bélico, odiarnos era una rutina. Hubo algo inexplicable y fascinante en el modo en que, desde el principio, ambos nos reconocimos tranquilamente como antagonistas. Elena insistió en presentarnos una mañana de invierno, con ese alegre entusiasmo suyo al que era imposible resistirse. Rubén y yo nos dimos la mano, nos miramos a los ojos y supimos que nunca seríamos amigos. Él jugó sus cartas, yo las mías. Él puso cara de asco, la misma con la que vive, y yo le sonreí con mi más ejemplar hipocresía.

Aunque desde ese día no dejamos de desearnos lo peor, creo justo añadir que ninguno de los dos movió un solo dedo en contra del otro. Éramos como dos equilibristas avanzando por cuerdas paralelas: se trataba de ver quién caía primero. Incluso, convocados por Elena, llegamos a comer juntos con cierta frecuencia. Rubén, por descontado, siempre quiso acostarse con ella, si es que no llegó a hacerlo. Por eso mismo, porque sé que él la deseaba tanto, estoy seguro de que, cuando vino a casa a darme el pésame, su tristeza era auténtica.

No podría dejar de incluir a Nora en mi lista de enemigos. Creo que, en la mayoría de los casos, he sido un hombre que se ha llevado bien con las mujeres. Es decir: que ha sabido escucharlas, disfrutar de su compañía por encima o además del sexo, e intuir qué clase de cosas hieren su dignidad. Esto último es, probablemente, lo único importante. Al menos eso me decía Elena, que siempre me consideró mejor de lo que soy en realidad. Pero con Nora ninguna de esas supuestas cualidades pareció servirme. Bastó con que, siendo estudiantes, yo cometiese la imprudencia de acostarme con ella durante una temporada, para tener que lidiar con su inteligente fantasma durante el resto de mi vida. Nora reaparecía una o dos veces al año, discreta en apariencia y secretamente resentida. Poniendo cara cómplice, me contaba que alguien había hablado mal de mí. Me recordaba, como al pasar, la traición de algún ex compañero. Mencionaba entre risas cualquier anécdota en la que yo hubiera tenido un comportamiento bochornoso. Lamentaba lo mucho que ella me había querido y lo poco que yo la había querido a ella. Me preguntaba por mi matrimonio. Y desaparecía por un tiempo. Yo me quedaba sumido en un difuso malestar. Cuando ya empezaba a disiparse, Nora me escribía de nuevo para informarme de alguna catástrofe íntima o ponerme al día sobre sus amantes. Recuerdo cómo a Elena, que rara vez detestaba seriamente a nadie, se le revolvía el estómago al saludarla. Decía que Nora rechinaba los dientes cuando sus mejillas se rozaban.

A estas alturas, se impone una pregunta lamentable: ¿por qué no rechacé entonces a Nora? ¿Por qué, en vez de mantener pasivamente nuestra remota amistad juvenil, no me atreví a expulsarla de mi vida? Las razones son varias, y ninguna de ellas me absuelve. En primer lugar, la culpa actuaba en mí como un sórdido freno. Alguna vez había lastimado a Nora. Esa certeza me pesaba. Con una mezcla de temor y vanidad, prefería no deteriorar más mi imagen ante una persona potencialmente vengativa como ella. Elena solía reprocharme mi excesiva compasión hacia Nora. En eso se equivocaba. La culpa es incapaz de compadecer: el culpable sólo busca su propio alivio al atender al otro.

En segundo lugar, había algo desvalido en Nora que, de forma involuntaria y supongo que arrogante, me empujaba a asistirla. Por lo general, he intentado evitar el paternalismo. Elena jamás me lo consentía. Pero Nora, no sé cómo, lograba despertármelo. En último lugar, debo reconocer que, pese a todo, seguía deseando a Nora. Deseándola con una especie de rencor carnal. Su conducta me indignaba y su presencia me excitaba. Hay personas que tienen la virtud de volvernos más luminosos, como Elena. Y otras que poseen la molesta facultad de recordarnos lo oscuros que somos, como Nora. De algún modo, eso es un mérito.

El día de la decisión, no lo pensé dos veces. Y, mientras encendía un fósforo tras otro, fui telefoneando a Melchor, Ariel, Rubén, Nora.

Nada me pareció más lógico que su incredulidad inicial. Yo habría desconfiado incluso más de lo que ellos desconfiaron de mí. Quizá la pérdida de Elena contribuyó a que me creyesen. El recuerdo de la muerte nos hace conmovedoramente propensos al sí, y melancólicamente temerosos del no. Así que mis enemigos tuvieron pena de mí, por mucho que me odiaran. Eso quizá demuestra lo relativo que es el odio.

En cuanto oyó mi voz, Nora me preguntó si seguía solo. Tomé aire y le contesté que sólo necesitaba hablar. Primero ella se puso a la defensiva, como temiendo algún reproche. Pero, cuando nos citamos en un café, no tardó más de dos horas en confesarme entre lágrimas lo que llevaba callando veinte años. Bastó que yo mencionara algunos de mis errores, que le hiciera ver que sabía que no había sido honesto con ella y le confesara cuánto me había hecho sufrir, para que Nora se volcase en un admirable, y a ratos salvaje, ejercicio de autocrítica. Ignoro cuál de los dos se sintió más sorprendido con la situación. En vez de arriesgarnos a prolongar el encuentro, nos despedimos con cautela justo antes de la hora de cenar.

El fin de la lectura

De mis otros tres enemigos, Ariel fue el más receptivo. Quizá porque todo envidioso clásico esconde a un admirador contrariado. Rubén, al principio, no se mostró demasiado comprensivo ni inclinado a las confidencias. Pero mis argumentos fueron tan ásperos y carentes de rodeos que no pudo evitar marcharse emocionado, por mucho que procurase ocultármelo hasta el sobrio abrazo de la despedida. La conversación con Melchor fue más tortuosa. Llegué a pensar que mis esfuerzos con él caerían en saco roto. Si tuviera que elegir unas pocas palabras de todas las que le dije en nuestro encuentro, quizá serían estas: «Te digo la verdad, precisamente porque a ti te he odiado más que a nadie». Melchor comprendió que semejante declaración de hostilidad sólo podía provenir de una intención sincera.

A mis cuatro enemigos los empujé a admitir que me consideraban una persona detestable. Que me habían deseado lo peor en numerosas ocasiones. Que se habían alegrado de cada uno de mis fracasos. Pero, sobre todo, les hice ver que los comprendía muy bien, porque yo había sentido exactamente lo mismo con respecto a ellos. Que había llegado a soñar que sufrieran, perdieran sus trabajos o tuviesen algún tipo de accidente. Que había intentado excusarme de todo ello pretendiéndome moralmente superior, o movido por causas más decentes que las suyas. Y que no nos servía de nada negar esas cosas ni avergonzarnos de ellas, porque al fin y al cabo todos, ellos y yo, nosotros y nuestros peores enemigos, moriríamos pronto. Y que vivir odiando era mucho peor que morir queriendo.

Al final de mis charlas con Melchor, Ariel, Rubén y Nora no me sentí feliz (feliz no es la palabra después de Elena), pero sí más dueño de mi dolor. En las cuatro ocasiones, lloré en algún momento frente a mis enemigos. Y en cada una, excepto Melchor, ellos me acompañaron en el llanto. Como contrapartida, Melchor fue el primero en tomar la iniciativa conmigo. Una semana después de nuestro encuentro, se acercó a mi despacho para invitarme a almorzar.

¿Qué puede dañarnos más? Si no se está preparado para amar a los otros, ese amor mutilado, ese fracaso de nuestro bien, ¿nos consuela o nos tortura? No podría precisar cuánto tiempo pasó hasta que volví a sentirme mal, y decidí celebrar aquella reunión en casa.

Fue doloroso, y al mismo tiempo extrañamente tranquilizador, contemplar por primera vez a Melchor, Ariel, Rubén, Nora, por quienes tanto había sufrido en el pasado, reunidos en mi casa, sonrientes. En la misma casa donde yo había amado a Elena y le había hablado mal de ellos en tono confidente. Para facilitar la empatía entre mis cuatro invitados, me encargué de que hubiera música alegre y alcohol en abundancia. Todos llegaron más o menos puntuales (la última fue Nora) y los fui presentando con naturalidad. A excepción, claro está, de Melchor y Ariel, que ya se conocían de la facultad. Quizás aquella fuese la primera vez que se reunían de noche.

Superados los primeros gestos de incomodidad, debo decir que pronto la conversación se volvió amena y, por momentos, cómica. Con el paso de las horas, incluso nos permitimos bromear sobre nuestras antiguas disputas. Melchor estuvo ocurrente, insólitamente dicharachero. Tanto, que hasta diría que Ariel experimentó unos retorcidos celos y buscó mi aprobación con ansiedad. Rubén mantuvo su perfil contenido, sin por ello dejar de mostrarse simpático y cortés. Nora alternó fases de silencio pensativo con raptos de euforia expansiva. Durante uno de ellos, hizo amago de besarme. Sin necesidad de que yo me apartara, ella misma rectificó su movimiento y terminó posando sus labios en una de mis mejillas.

Cerca de la madrugada, con unas cuantas copas de más, reclamé la atención de mis cuatro invitados. Alcé un brazo y exclamé que brindaba por todos los que se conocían de verdad, es decir, sin inocencia. Melchor, Ariel, Rubén y Nora secundaron mi brindis entre aplausos. Seguimos descorchando botellas. Nora y Rubén se pusieron a bailar con las cinturas unidas. Me chocó observarlos. Ariel se sentó a mi lado para hablarme en voz baja de disputas académicas. Melchor se puso a curiosear entre mis libros y discos. Yo fumé hasta perforarme la garganta.

Un poco más tarde, no recuerdo a qué hora, anuncié que bajaba a la calle para comprar tabaco. Nora se acercó, me echó un brazo alrededor del cuello y, poniendo una de sus caritas de pena, me pidió que le trajese otro paquete. Yo le dije que sí. Sonreí. Los miré a todos. Melchor, Ariel, Rubén, Nora. Después salí de la casa y cerré la puerta con llave.

Un cigarrillo

Vázquez carraspeó, se subió la manga derecha y clavó sus nudillos en la frente de Rojo. La cabeza de Rojo se marchó de allí un momento, pareció tocar el respaldo de la silla y regresó, temblorosa, con una sacudida elástica.

—Tranquilo —advirtió Artigas.

—Es un hijo de la gran puta —replicó Vázquez.

Artigas fijó la mirada en los ojos desorbitados de Vázquez.

—Sí, pero tranquilo —dijo.

Vázquez resopló enérgicamente y se miró los nudillos, que empezaban a arderle. Había olvidado quitarse su anillo de bodas. Vázquez acababa de separarse: había tenido que darle un escarmiento a su mujer y dejarla, por puta. Hizo ademán de golpear otra vez a Rojo, pero Artigas intervino con un suave alzamiento de manos. Vázquez observó los labios entreabiertos, chorreantes de Rojo. Murmuró junto a su oído:

—Hijo de la gran puta. Te voy a sacar todos los dientes uno a uno, basura.

Pese a lo que Artigas empezaba a sospechar, Rojo había escuchado este último comentario y todos los anteriores. Había ido comprobando, a medida que los golpes le desfiguraban el rostro, cómo se le aguzaban los oídos. Mientras el tabique nasal, la garganta, la lengua, los pómulos se revolvían en una masa inconsistente, en la conciencia de Rojo reverberaban con toda nitidez los insultos desgañitados de Vázquez, sus carraspeos, el sonido del fluir de la sangre, el latir de las arterias, el zumbido eléctrico de las lámparas que apuntaban hacia él, las letanías intercaladas de Artigas, sus propios gemidos ahogados, el despertador perpetuo de su casa, que había sonado a las siete en punto de la mañana como cada día y que no le había advertido del peligro. Por detrás de la nube cegadora de las lámparas, oyó la voz de Vázquez diciendo:

—Esta basura ya no oye nada, Artigas.

Rojo entendió que Artigas respondía afirmativamente y se mostraba de acuerdo en abreviar, aunque ya no recordó qué era lo que había que abreviar, y tampoco fue capaz de relacionar aquello que decían consigo mismo. Sabía que ellos hablaban, que hablaban sobre alguien que debía hablar y no había hablado, y que ellos debían golpear y saber, o saber y golpear, o algo así. ¿De qué estaban hablando? Gritaban demasiado y él apenas veía por un ojo. Procuró abrirlo más, sintió un dolor de costura arrancada en el párpado y después la herida de la luz real, la de las lámparas y no la del recuerdo de las lámparas. Vio la espalda descomunal de Vázquez y, por encima de su hombro, como asomando por encima de una tapia, el rostro de Artigas impecablemente afeitado, moviendo las cejas y los labios. Ahora el sonido se había ido de las cosas. La habitación era un televisor mudo. Rojo volvió a cerrar el párpado y se topó con la cara de Beatriz, que le daba palabras de consuelo, curativas. Por un momento las costillas dejaron de dolerle y tuvo ganas de sonreír.

De pronto Vázquez se volvió hacia él. Tenía la corbata y la camisa salpicadas de lunares. ¿Con qué se habría lastimado Vázquez? ¿Por qué gritaba tanto?

—Parece que nos gusta ser valientes, ¿eh, Rojito?

El sonido había regresado.

—Parece que disfrutas, hijo de la gran puta.

Rojo sintió que una granada le estallaba cerca de la boca, en algún lugar blando. Paladeó el espesor agridulce de la sangre y escupió una poca. Otra granada le estalló en el pecho: la tráquea se le volvió un sacacorchos que ascendía. Las lámparas se diluyeron y Rojo estaba en un columpio altísimo, distraído, la cara vuelta al cielo, como a punto de dormirse. El cielo estaba encapotado y su madre lo llamaba a voces. Después su madre tuvo, por un momento, el desnudo de Beatriz, sus pechos generosos. Después alguien encendió dos lámparas y el techo se recompuso. Artigas le hablaba muy lentamente:

—Mira, Rojo, vamos a tener que matarte.

Vázquez salía de la habitación.

—Créeme que lo siento —añadió Artigas—. Este oficio es así, tú lo sabes mejor que nadie.

Rojo sintió una repentina llamarada de lucidez. Abrió bien su ojo bueno, levantó la cabeza cuanto pudo y reconoció la nariz afilada de Artigas, sus ojos celestes lisos, su afeitado impecable.

—¿Dónde está Vázquez? —balbuceó Rojo.

Artigas sonrió. Le puso una mano sobre el hombro.

—¿Te duele mucho? —preguntó; Rojo negó con la cabeza y Artigas volvió a sonreír—. Eres un caso, Rojo, eres un caso. No se te escapa una, ¿eh? Vázquez ha ido a mear. Por eso te soy franco, Rojo: me da lástima verte así. Hubiera preferido atropellarte con el coche cuando salías de tu casa, pero el idiota aquel se empeñó en que podríamos sonsacarte algo si teníamos paciencia. Todos tienen un límite y es cuestión de encontrarlo, me decía Vázquez, en algún momento va a tener que cantar. Y yo le contestaba: tú no conoces a Rojo, Vázquez, no lo conoces. Ya ves que no me equivocaba.

Durante el discurso de Artigas, Rojo había ido recuperando la noción del tiempo y, sobre todo, la conciencia de qué estaban diciéndole y por qué. Absurdamente, recordó que era domingo dieciséis y que al día siguiente el perro de su infancia, un San Bernardo enorme, habría cumplido treinta y siete años. De inmediato su mente regresó a aquella habitación: Vázquez y Artigas iban a matarlo. Su antiguo socio y el nuevo socio de su antiguo socio iban a matarlo porque no había hablado. De haber hablado lo habrían matado lo mismo, pero más satisfechos. Que se jodieran de curiosidad, entonces. Artigas, mientras su matón meaba, le pedía disculpas y era un hijo de la grandísima puta y un profesional excelente. Era comprensible que quisieran vengarse, pensó Rojo, pero no era lógico que además pretendiesen humillarlo convirtiéndolo en delator. Lo habían atado a una silla de la sala, le habían roto las muñecas sobre la misma mesa donde dos días antes había hecho el amor con Beatriz, le habían vendado y desvendado los ojos varias veces, le habían pateado las rodillas y las tibias, le habían quemado los lóbulos con un encendedor y le habían preguntado mil veces lo mismo. Mil veces Rojo había callado, y no por valentía: simplemente sabía que daba igual que confesara. Conocía muy bien los métodos de su antiguo compañero, así que había preferido darse el gusto de estropearles el negocio. Él también era un profesional. Muchísimo mejor que Vázquez, por descontado. Quizá no mucho mejor que Artigas, pero sí más resolutivo. A Artigas le gustaba tomarse su tiempo para todo.

Rojo oyó la puerta a sus espaldas. Tuvo de nuevo a Vázquez enfrente. Vázquez lo miraba con una mueca burlona.

—¡Carajo, Artigas, parece que el paciente mejora! ¿Qué le has hecho?

—Darme por el culo —contestó Rojo.

Artigas festejó la ocurrencia con una carcajada. Vázquez tenía cara de no haber entendido del todo y de que lo hubieran llamado maricón.

—¡Te voy a cortar los huevos, basura! —le gritó a Rojo.

—Vázquez —pronunció, cortante, Artigas—. Suficiente, Vázquez. Gracias.

Vázquez clavó su mirada en Artigas y este se la mantuvo hasta que Vázquez la bajó. Entonces se encogió de hombros y, remetiéndose la corbata manchada en el pantalón, le dijo:

—Al final es tu amigo, no el mío.

Y empezó a marcharse. Antes de llegar a la puerta que comunicaba el salón con el pasillo, agregó:

—Yo, por lo menos, no mato a mis amigos.

Imperturbable, Artigas lo corrigió:

—Tú nunca has tenido amigos, Vázquez.

Rojo oyó un portazo a sus espaldas. Cuando volvió a mirar a Artigas, notó que ya no le sonreía. Ahora Artigas callaba y lo miraba a los ojos. A Rojo se le escapó un hilo de sangre entre los labios cuando admitió:

—Me duele, Artigas. Me duele todo.

Pero no era exactamente una queja. Artigas comprendió.

—Me lo imagino —dijo Artigas—. No te preocupes. Bastante has aguantado.

—Bastante más de lo que tú hubieras aguantado —dijo Rojo.

Artigas, pensativo, respondió:

—Seguramente.

Después hundió una mano en la chaqueta y Rojo se concentró en el resplandor de las lámparas, en contraer las mandíbulas y esperar la descarga. Pero el movimiento del brazo de Artigas le resultó extraño y, sintiendo que el cuello se le astillaba, se atrevió a girar la cabeza: Artigas le ofrecía un cigarrillo.

—Gracias —dijo Rojo entreabriendo los labios pulposos.

Artigas le encendió el cigarrillo y encendió otro para él. En medio de un silencio aliviador, Rojo realizó con lentitud la simple operación de aspirar el humo. Además del dolor en las costillas, por encima de él, Rojo sintió como si el agua de un manantial hubiera vuelto a los cauces resecos de su pecho, como si algo le hubiese ablandado los surcos que llegaban a los pulmones y ahora todo fuese aire, por fin aire. La segunda calada le devolvió el aliento y la respiración casi normal. Hacia la mitad del cigarrillo, un adormecedor bienestar se había instalado en sus músculos. Imaginó que él y Beatriz fumaban juntos tendidos en la cama, que acababan de hacer el amor y se tomaban un respiro antes de volver a hacerlo. Con las manos atadas por detrás, Rojo chupaba el cigarrillo devolviendo el humo por un costado de la boca y, a medias, por la nariz obstruida. La nube azul opaco se dejaba nimbar por las lámparas. A punto de terminar su cigarrillo, Artigas lo observaba con atención.

—Está delicioso, Artigas. ¿Son los mismos de siempre?

—Los mismos de siempre, Rojo —dijo Artigas.

—Qué raro —dijo él—, parece otro tabaco.

Calculó que le quedaban dos caladas profundas y quizás una tercera más corta. Prefirió apurar enseguida las dos primeras y esperar unos segundos. Entonces inspiró hasta el fondo, sin urgencia, expulsó todo el aire y dio una última, larga calada al cigarrillo, distinguiendo el sabor de los hilos tostados y del papel quemado. Después separó los labios y dejó que el filtro cayera sobre sus pantalones. En la zona posterior de la lengua se le había formado una agradable y familiar pátina de amargor. Dirigió su ojo bueno hacia Artigas, que ya no fumaba.

—¿Quieres otro? —preguntó Artigas.

—No, gracias —contestó él—. Con uno basta.

Rojo vio que Artigas sonreía. No percibió ningún rastro de rencor en su voz cuando lo oyó murmurar:

—Eres un caso, Rojo, eres un caso.

Después Artigas se llevó la mano a la chaqueta e hizo su trabajo.

LA PRUEBA DE INOCENCIA

La prueba de inocencia

Sí. Me gusta que la policía me interrogue. Todos necesitamos que alguien nos confirme que verdaderamente somos buenos ciudadanos. Que somos inocentes. Que no tenemos nada que ocultar.

Conduzco sin temor. Me tranquiliza la obediencia del volante, el asentimiento de los pedales, el orden de las marchas. Oh, carreteras.

De pronto dos agentes me hacen señas para que detenga mi vehículo. La maniobra no es fácil, porque acabo de salir de una curva por la izquierda y ya empezaba a acelerar. Procurando no ser brusco ni molestar a los automovilistas que me preceden, luciendo, modestia aparte, mi pericia de conductor, cruzo el carril derecho y me aparto con suavidad. Las dos motos me imitan, inclinándose al frenar. Ambos agentes tienen cascos blancos de cuadrículas azules. Ambos llevan unas botas con las que pisan fuerte el pavimento. Ambos van apropiadamente armados. Uno es ancho y erguido. El otro, largo y cabizbajo.

—A ver: papeles —dice el policía ancho.

—Cómo no, de inmediato —le respondo.

Cumplo con el razonable deber de identificarme. Les entrego mis documentos, mis seguros, mis permisos.

—Ajá —opina el policía largo examinándolos.

—¿Sí...? —me intereso, expectante.

—¡Ajá! —confirma, enérgico, el ancho.

—¿Entonces...?

—Bien, bien.

—¿Todo en regla, mis agentes?

—Ya se lo hemos dicho, señor: todo bien.

—O sea, que mi documentación no presenta ninguna irregularidad.

—¿Irregularidad? ¿A qué se refiere?

—Oh, mi agente, es un decir. Ya veo, o mejor dicho ya ven ustedes, que puedo seguir adelante.

Los policías se miran, al parecer con cierto recelo.

—Usted seguirá viaje cuando nosotros se lo indiquemos —dice el ancho.

—Naturalmente —me apresuro a añadir—, naturalmente.

—Bueno, así que...

Los agentes dudan.

—¿Sí? —me decido a ayudarlos—, ¿alguna pregunta más? ¿Una inspección del vehículo, quizá?

—Oiga —dice el ancho—, no nos explique lo que tenemos que hacer.

El largo levanta la cabeza como una tortuga que contemplara por primera vez el sol, y toma del brazo a su compañero intentando apaciguarlo.

—Y tú, suéltame —le dice el ancho—. A ver si ahora vamos a tener que inspeccionar lo que quiera el tipo este.

—En absoluto, agentes —intervengo—. Sé que ustedes conocen a la perfección su trabajo. Sólo faltaría...

—¿Faltaría qué? ¿Qué está insinuando?

—Nada, señor agente, nada. Sólo intentaba colaborar.

—Entonces no colabore tanto.

—A la orden, señor agente.

—Así está mejor —se complace el ancho.

—A mandar —añado.

—¡Bueno, bueno!

—Hagan ustedes absolutamente todo lo que estimen oportuno. No tengo ninguna prisa, pueden estar tranquilos.

—Estamos tranquilos. Siempre estamos tranquilos.

—¡Oh, por supuesto! Jamás lo dudaría.

El ancho mira al largo. El largo, cabizbajo, sigue callado.

—¿Se está haciendo el gracioso o qué? —pregunta el ancho.

—¿Yo, señor agente?

—No. Mi abuela paralítica.

—Caramba, señor agente, celebro su sentido del humor.

—De espaldas —me ordena bruscamente el ancho.

—¿Cómo dice, mi agente?

—De espaldas, le he dicho —y luego, dirigiéndose al largo—: este tipo no me gusta nada.

—Les aseguro, señores agentes, que comprendo su postura —digo algo nervioso—. Sé que se limitan a proteger nuestra seguridad.

—Manos sobre el vehículo.

—Sí, mi agente.

—Separe bien las piernas.

—Sí, mi agente.

—Y cállese la boca.

—Sí, mi agente.

El policía ancho, aparentemente iracundo, me propina un soberano rodillazo en el costado. Siento un anillo de fuego en las costillas.

—Le he dicho que se calle, imbécil.

Me cachean. Luego los dos agentes se distancian unos metros. Conversan. Oigo frases aisladas. El chasis de mi automóvil empieza a quemarme las palmas de las manos. El sol cae de punta como una lanza.

—¿Qué opinas? —le oigo decir al ancho—. ¿Lo revisamos o no?

No alcanzo a escuchar la respuesta del largo, pero deduzco que ha asentido porque, de reojo, veo cómo el ancho abre todas las puertas y empieza a revolver con brusquedad. Tira mi mochila al suelo. Tira la caja de herramientas. Tira la baliza. Tira mi pelota de fútbol que se aleja, rebotando, por la carretera. Los señores agentes cumplen con su misión muy minuciosamente.

—Aquí no hay nada —comenta, casi decepcionado, el ancho—. ¿Registramos los asientos?

A continuación, ambos entran en mi vehículo e inspeccionan los respaldos, el interior del tapizado, la guantera, los ceniceros. Lo dejan todo en desorden. Me atrevo, por primera vez, a interponer una tímida objeción:

—Disculpen, señores agentes, ¿es necesario poner tanto énfasis?

El ancho sale del coche y me golpea con su porra. Por un instante siento como si flotara. Caigo de rodillas.

—¿Y ahora qué más dices, eh? ¿Ahora qué dices? —me grita el ancho cerca del oído.

—Le garantizo, agente —balbuceo—, que no tengo nada que ocultar. De verdad.

—¿Ah, no?

—No.

—¿No?

—¡Le digo que no!

—¡No me repliques, entonces! —chilla el ancho, propinándome un afilado puntapié en las nalgas—. Conozco de sobra a los tramposos como tú. El olfato nunca me engaña.—Agente, le juro honestamente...

—¡Silencio, hijo de puta! —vuelve a aullar el ancho. Pero esta vez no me golpea.

Los automóviles pasan junto a nosotros a la velocidad del viento. Mientras tanto, el policía largo continúa registrando el interior de mi coche.

—¡Ajá! —se entusiasma de pronto el largo; su voz me suena extrañamente aguda—. Fíjate en esto —añade, extendiéndole a su compañero el maletín con las cuentas de la empresa.

—¿Dónde estaba?

—Debajo del asiento del copiloto.

—¿Y qué es? Ábrelo. ¿No puedes? Dámelo. Tendrá una combinación —y luego exclama, tratando de forzar mi maletín—: estaba seguro, estaba seguro, ¡los conozco de sobra a estos tramposos!

Yo les daría la combinación. Pero a estas alturas me aterra abrir la boca.

—Arrestémoslo —propone el largo—. Y abramos el maletín cuando lleguemos.

El ancho comienza a esposarme con lentitud.

—¡Pero, agentes, están en un error! —intento por última vez—. Soy completamente inofensivo.

—Eso ya lo veremos, sinvergüenza —dice el largo.

Me obligan a sentarme en el asiento trasero y cierran las puertas. Ellos se quedan fuera del vehículo y llaman a alguien por radio. Me duelen los hombros. La cabeza también me duele. Me arden las costillas. Una voz nasal contesta al otro lado de la radio. Esto no me gusta nada. Los automóviles siguen pasando junto a nosotros. No sé si debería decir algo más. Oigo cómo revienta mi pelota de fútbol.

El hotel del señor presidente

Duermo a menudo en hoteles, o mejor dicho no duermo. Unos meses atrás, me gustaría recordar exactamente cuándo, en recepción me ofrecieron una pluma de oro para estampar mi firma y, si tenía yo la generosidad, anotar una frase, un saludo, cualquier cosa. Empuñé la pluma con cierta parsimonia, dándome aires, no tanto por verdadera presunción como porque, sinceramente, no se me ocurría nada, tenía sueño, duermo mal, y trataba de ganar tiempo. Los recepcionistas percibieron mi incomodidad y se retiraron haciéndome reverencias para dejarme solo frente al libro de visitas. Yo aproveché la circunstancia para hojear las dedicatorias anteriores e inspirarme un poco. Así fue como, en la última página, encontré la siguiente nota:

«Escándalo en el bar. Una copa de brandy a ese precio, aunque se trate de un Napoleón Gran Reserva, es una estafa. La mezquindad también se paga. Y, tarde o temprano, es mal negocio. Atentamente, N. N.».

Me extrañó que semejante protesta figurase en el libro de visitas y no en el de reclamaciones. Quizás el individuo que la firmaba había decidido, en venganza, dejarla a la vista de las personalidades que pasaran por el hotel. Lo cierto es que aquella nota me ofuscó un poco, no sé muy bien por qué, y me impidió concentrarme en lo que debía escribir. Después de varios minutos de inútil espera, me limité a estampar mi autógrafo con mi nombre debajo en letras mayúsculas. Cerré el libro, les sonreí a los recepcionistas, llamé a mi escolta y me retiré a mi habitación.

No diré que seguí pensando en el asunto, porque las reuniones y los actos públicos me sumergieron en la extenuante vorágine de siempre. Pero, cuando me extendieron el libro de visitas en el siguiente hotel de la siguiente ciudad, y me rogaron que les hiciera el gran honor de etcétera, etcétera, no pude evitar acordarme de N. N. Fue apenas un cruce, como un lejano avión que te distrae un instante de tus quehaceres. Poco más. Lo que no esperaba es volver a encontrármelo.

La nueva nota decía:

«Comprendo que el personal de limpieza irrumpa por la mañana y, sin querer, despierte a alguien. Pero que manipule los picaportes de madrugada, desordene los papeles o mueva el equipaje, viola todos los derechos de los huéspedes. Si el objetivo es controlarnos, sería mejor contratar a espías profesionales, que harán un trabajo más sigiloso y les darán informes más precisos. Atentamente, N. N.».

En aquella ocasión, después de unos instantes de desconcierto, sentí el impulso de llamarles la atención a los conserjes. Descarté la idea de inmediato. Sabía que, en cuanto mencionara aquella nota, el personal entero del hotel vendría a mí, se desharía en tediosas disculpas y me retendría con toda clase de explicaciones, pretextos y obsequios. Así que, nuevamente, me callé. Estampé mi firma con letras bien grandes. Y subí a mi habitación. A no dormir.

¿Qué digo ahora? ¿Que no pensé más en eso? ¿O que me acordé por azar, como un lejano avión, etcétera? La semana fue bastante revuelta, con algunos desórdenes en las calles que fue necesario cortar de raíz. Transcurrieron diez días hasta mi siguiente viaje.

Sin mayores preámbulos, paso a transcribir la nota que encontré en el libro de visitas del nuevo hotel, cuyo personal puso particular énfasis en dispensarme todo género de atenciones, parabienes, reverencias:

«No hay nada malo en ofrecerle al huésped la posibilidad de seleccionar películas pornográficas y, más concretamente, de orientación sadomasoquista. Pero tampoco estaría de más que las habitaciones estuvieran insonorizadas. Saludos de N. N.».

Creo que los recepcionistas, que me miraban expectantes y con los dedos entrelazados, advirtieron mi sonrojo. Por fortuna, interpretaron que su presencia me inhibía para escribir. Así que se retiraron dejándome a solas con el libro de visitas, frente a esos mensajes que, evidentemente, ya no podían ser casuales.

Reflexioné: ¿el individuo aquel me seguía? ¿Estaba al tanto de mis movimientos y se hospedaba en los mismos hoteles que yo? Por más que mi escolta mantiene vigiladas día y noche mis habitaciones, esta hipótesis me produjo escalofríos. Ahora bien, ¿cómo podía conocer tan detalladamente mi agenda? Y, si pretendía dirigirse a mí, ¿por qué elegir un método tan estrafalario? ¿No habría sido mucho más efectivo un correo electrónico, un paquete postal, una llamada? Lo siguiente que pensé, aunque absurdo, me alarmó incluso más: ¿lo seguía yo a él? ¿Iba yo mismo tras sus pasos sin saberlo? ¿Pero cómo iba a conocer sus fechas, desplazamientos, hoteles? Cómo iba yo a saberlo, si ni siquiera sé adónde voy pasado mañana, ni por qué no duermo, ni nada.

Con la repetición de aquellas notas furtivas, confirmé algo que ya sospechaba: nadie lee los libros de visitas, y muchísimo menos los encargados de los hoteles. Pese al esmero en su encuadernación, la ceremonia con que se inscriben las entradas y la importancia que se pretende concederles, todo es apariencia. Igual que las constituciones, después de redactados nadie los consulta.

Una noche, por ejemplo, tuve que leer:

«Se ruega a la dirección del hotel que, dado lo infecto de su ilustre huésped, se proceda a una fumigación exhaustiva de la séptima planta. Es un asunto de sanidad pública. Agradeciendo su atención, N. N.».

Las notas se volvieron cada vez más hostiles. N. N. ya no hacía alusiones perversas a mi persona, sino que se dirigía a mí con total impunidad. La gente debería leer los libros de visitas, digo yo que para algo están. Pero nadie parecía darse cuenta, o al menos nadie decía nada. Naturalmente, a mí tampoco me convenía mencionar el tema. Considerando las indecorosas revelaciones que contenían algunas notas, mi mayor interés era ocultarlas. Lo peor (y yo intuía que eso también estaba planeado) era la humillación de levantar la vista de los libros y tener que sonreír, disimular, ser amable. Por cuestiones de estrategia, bajo ningún concepto deseaba parecer nervioso o asustado, justo cuando mis detractores más me atacaban y la prensa extranjera me acusaba de haber perdido el rumbo.

Las advertencias no siempre me aguardaban en la última página. Evidentemente él, o ellos, trabajaban con cierto margen de tiempo. Ahora bien, sin excepción, cerca del final del libro, me encontraba con la insidiosa nota de turno:

«¿Qué le parece si, en vez de privatizar las universidades, estatalizamos sus mansiones?».

«¿Sabe a qué se dedica su mujer mientras usted viaja?».

«El poder judicial no es un servicio de habitaciones».

«Suerte para su hijita en la clínica. Réquiem por ese nieto. Esto también les pasa a los ultracatólicos».

Etcétera.

Fuera de los hoteles, nada parecía haber cambiado. Pero las notas acertaban como dardos. Llegué a tener más ansiedad por leer los libros de visitas que la prensa nacional. Mi rutina diaria continuó inalterable. Al menos hasta la tarde en que leí:

«Lústreme las botas. N. N.».

La nota no decía nada más. Tampoco mencionaba fecha ni hora. ¿Era un simple sarcasmo? Por alguna razón, intuí que no. Firmé el libro de visitas (ya me había habituado a arrancar las páginas con cuidado e improvisar a continuación extensos párrafos laudatorios sobre las comodidades del hotel), saludé uno por uno a los empleados, acepté hacerme fotos con ellos, subí a mi habitación. Y, si tengo que ser franco, no me sorprendió demasiado encontrarme unas botas militares negras, gastadas y desconocidas a los pies de mi cama. Miré a mi alrededor. Inspeccioné la habitación, sabiendo de antemano que no habría nadie. Me senté a reflexionar al borde de la cama. Y entendí que no tenía elección.

Desde entonces, las órdenes arreciaron. Las notas jamás contenían una amenaza explícita o una mención de las represalias en caso de incumplimiento. Lejos de serenarme, eso me asustaba más: los subversivos tenían que estar muy seguros de su fuerza como para saber que yo obedecería. Lo cierto es que las instrucciones podían ser extrañas («A medianoche, deposite su ropa sucia en el ascensor»; «Cuando se vaya, deje encendido el televisor en el canal 11»; «Si suena el teléfono tres veces, no atienda»; «Asómese a la ventana a las 18.47»; «Abra todos los grifos a la vez»), pero no me impedían desarrollar mis actividades como si nada sucediese. Al principio me sentí humillado. Después me acostumbré.

Cuantas más órdenes he ido obedeciendo, más numerosas han empezado a ser las exigencias. Ahora cada nota contiene dos, tres o incluso cuatro cláusulas, a veces dependientes entre sí, aunque nunca imposibles de cumplir. Todo lo demás está bajo control. Mi cargo parece a salvo, mi familia tranquila. Pero las notas de N. N. siguen persiguiéndome en cada ciudad, en cada hotel, justo antes de que arranque la página, estampe mi firma, salude a los empleados, me haga fotos con ellos y suba a mi habitación para dar vueltas en la cama, para cerrar y abrir los ojos y ver siempre la misma oscuridad, para escuchar el zumbido del aire acondicionado que tanto me recuerda a la turbina de un avión, para pensar que quizás, antes de conciliar el sueño, me vendría muy bien una copa de Napoleón Gran Reserva.

La ropa

Arístides venía desnudo al trabajo. Todos le teníamos envidia. No lo envidiábamos por su cuerpo, que tampoco era gran cosa, sino por su convicción: antes de que cualquiera de nosotros consiguiera burlarse, él ya había lanzado una mirada reprobatoria a nuestras ropas y nos había dado la espalda. Y también los glúteos lampiños, pálidos.

Esto es intolerable, aulló el jefe de sección el primer día que lo vio yendo sin ropa por el pasillo. Cierto —corroboró Arístides—, aquí todos van vestidos con pésimo gusto.

Al estar en primavera, supusimos que aquello duraría como máximo hasta el comienzo del otoño, y que luego el propio clima devolvería las cosas a su cauce normal. Y a su cauce volvieron, en noviembre, las aguas de los ríos, la lluvia de las acequias y los lagartos de los pantanos. Pero nada cambió en Arístides, excepto aquel ligero estremecimiento de hombros cuando concluía la jornada y los trabajadores salíamos a la calle. Esto es inaudito, exclamó el jefe de sección embutido en su gabardina. A lo que Arístides apostilló con aire indiferente: Es verdad, todavía no ha nevado.

De las murmuraciones, poco a poco fuimos pasando a la idolatría. Todos queríamos ir como Arístides, caminar como él, ser tal cual era él. Pero nadie parecía dispuesto a dar el primer paso. Hasta que una mañana cálida, porque ciertas cosas terminan siempre sucediendo, alguno de nosotros irrumpió en la oficina sin ropa y tembloroso. No se oyó ni una sola carcajada, sino un hondo silencio e incluso después algún aplauso. Al contemplar aquel cuerpo desnudo desfilando por el pasillo, muchos fingimos no darnos por enterados y seguimos con nuestra labor como si nada. Aunque, al cabo de pocas semanas, ya era una extravagancia encontrar en la oficina a alguien vestido. El último en rendirse fue el jefe de sección, que un lunes se nos presentó en toda su velluda flaccidez, conmovedoramente feo, más manso que de costumbre. Entonces todos los empleados nos sentimos aliviados y poderosos. Nos cruzábamos por el pasillo dando gritos de euforia, nos dábamos palmadas en las nalgas, nos mostrábamos los bíceps. Sin embargo, cada vez que intentábamos buscar la mirada cómplice de Arístides, hallábamos en él una inesperada mueca de desprecio.

Sé que no será sencillo resistir el invierno, para el que apenas restan unos días. Me lo dice la piel de la espalda, que se me eriza al pasar junto a las ventanas, y los músculos de los hombros, que tienden a encogerse a la hora de salir. Pese a estos inconvenientes, lo que más me tortura es la sensación de ridículo que me asalta al recordarme vestido durante tantos años. Por lo demás, estoy dispuesto a mantenerme así todo el tiempo que sea necesario hasta que los demás reconozcan mi valor, hasta ser el último desnudo de toda la oficina.

Aunque, por algún motivo, todavía no tengo la sensación de venir al trabajo igual que Arístides. Digamos que lo intento cada mañana. Y no, no es lo mismo.

Ringo Mentón de Seda

Porque el tiempo es feroz y te noquea, pocos son ya capaces de evocar al asombroso Ringo *Mentón de Seda* Durán, acaso nuestro más notable púgil de la primera mitad de siglo. Siempre de indumentaria blanca, Ringo se vanagloriaba de acabar los combates con el calzón impoluto. Aunque los más memoriosos hayamos conocido a dos o tres pegadores más expeditivos, es probable que nadie, en ningún cuadrilátero del mundo, vuelva a encontrarse nunca con un campeón más bello.

Los incondicionales de Ringo sabíamos muy bien cuál era su punto débil. Y, como todos los invictos, él era el único que se empeñaba en ignorarlo. Muchacho, esa carita será tu perdición, solía advertirle su entrenador de entonces, el malogrado Moncho *Látigo* Brascia, un fajador de los de siempre, que se desesperaba ante las sensuales danzas que Ringo ejecutaba alrededor de sus rivales antes de tumbarlos con una veloz combinación. Nadie entendía muy bien aquello. El público se impacientaba. Los jueces se ofendían. Los periodistas se miraban, confusos. Nuestras novias se enamoraban. Mientras tanto, esquivando golpes, el coqueto campeón se dedicaba a revolotear graciosamente por el cuadrilátero, a enderezarse el calzón, a acomodarse el peinado con los guantes y a asegurarse de que no sangraba, hasta que decidía que por fin había llegado el momento de regresar a la ducha. Entonces liberaba su cañón izquierdo y asunto concluido: su contrincante quedaba tendido boca arriba. Ringo sonreía a las cámaras. Este cretino me ha salido maricón, se quejaba el recio Brascia mientras acompañaba a los vestuarios a su pupilo, que desaparecía saludando, peinado a la gomina, con su levísimo mentón bien alto.

No nos llevemos a engaño, amigos. Pese a los ríos de tinta que hicieron correr algunos indocumentados, Ringo no era ningún estratega. Aunque su técnica era ciertamente impecable, flexible como pocas, sus tardíos knock-outs no obedecían a un riguroso estudio de las condiciones físicas del rival ni a las necesidades del combate. *Mentón de Seda* fue —si es que fue algo más o menos definible— sobre todo un esteta. Aquel agónico jugueteo con sus noqueados era, según todos los códigos del box, absolutamente deleznable, y sólo puede explicarse por las remotas leyes del buen gusto: Ringo no soñaba con parecerse a un atleta admirado por sus salvajes pares, sino a un príncipe atrevido capaz de vulnerar con toda exquisitez las normas de los plebeyos.

Muchacho, esa carita será tu perdición: eso fue lo que se cansó de repetirle el sabio Brascia, que terminó desvinculándose de su pupilo tras un oprobioso incidente ocurrido en circunstancias que siguen sin estar del todo claras. Hay quienes insinuaron que hubo algo de despecho en las últimas palabras que *Látigo* Brascia le dirigió aquella noche, antes de hundirse para siempre en el anonimato. Poco más sabemos. Yo recomendaría prudencia. Sí podemos, en cambio, afirmar con toda certeza que el mercenario que lo relevó tan sólo ambicionaba la celebridad. Aquel vil representante Ordóñez, además de adular a Ringo hasta la náusea, se dedicó a dejarlo pelear como le diera la gana y a extender la palma de la mano. Esa carita, muchacho, esa carita: pero *Mentón de Seda*, olvidando los consejos de su antiguo mentor, pasaba ya más tiempo en el dentista o en el pedicuro que en el gimnasio.

Nadie más asombroso pase el tiempo que pase. Nadie menos dispuesto a reconocer su punto débil. Aquella memorable velada en la que Ringo defendía el título europeo de los súper-wélters, en pleno mes de agosto y con cuarenta grados bajo los focos, yo había conseguido colarme a última hora entre los fotógrafos gracias a una acreditación birlada a un amigo periodista: yo era entonces muy joven y descarado. Las localidades llevaban varias semanas agotadas, y entre el gentío de la entrada pude divisar al vil Ordóñez dando instrucciones a los reventas. Debo reconocer que los combates de fondo fueron de gran nivel, aunque pocos prestaron atención al cuadrilátero hasta que *Mentón de Seda* pasó entre las cuerdas como un gato blanco, sin rozarlas, y comenzó a hacer delicados estiramientos en su esquina. Su rival, un oscuro púgil irlandés de reputación más bien mediocre, irrumpió sudando y con todo un repertorio de ademanes hostiles. El irlandés procuró intimidar al nuestro desde el principio, pero Ringo lo ignoró soberanamente, dándole la espalda con alevosía cuando pasó junto a él camino de su rincón. Esa carita...

Fueron sonando las campanas una a una y el tosco irlandés se desvivía por cazar a Ringo, que aquella noche se mostraba algo ausente pero tan veloz como de costumbre. En teoría, el combate se presentaba sencillo. El aspirante no tenía recursos. Ordóñez se frotaba las manos, nosotros nos dejábamos la garganta dando gritos de ánimo, los fotógrafos no dejaban de disparar sus flashes. Todos teníamos muy presente que, de vencer otra vez, Ringo tendría asegurada la pelea por el título mundial. Todos menos, aparentemente,

Mentón de Seda. Llegados al octavo asalto, nuestro hombre apenas si había soltado tres o cuatro manos disuasorias, aunque se mantenía fresco y ágil. Extenuado, su rival lo perseguía a la desesperada lanzando atolondrados golpes sin escuela. Se acercaba el momento. Lo sabíamos. Ringo se acomodó el calzón, se emparejó el peinado y sonrió como un galán de cine. Ya se olía el desenlace. Pero entonces, en un descuido impropio de sus reflejos, Ringo se dejó sorprender por un inocente uppercut y se fue a la lona. Los fotógrafos enloquecieron, el público fue un murmullo, el vil Ordóñez palideció, nuestras novias suspiraron. Lo vimos ponerse en pie sin demora, eléctrico, y sentimos un alivio que duró poco: exactamente el tiempo que tardamos en descubrir que la nariz helénica de Ringo sangraba a chorros. Con un gesto de incredulidad mayúscula, los ojos inyectados en furia, la mirada desorbitada y el antebrazo, el pecho, el calzón teñidos de rojo, nuestro púgil se acercó a su esquina haciendo aspavientos y allí le confirmaron que acababan de destrozarle el tabique. En el preciso instante en que el árbitro se disponía a declararlo perdedor por K.O. técnico, Ringo se encaró con él y le exigió seguir peleando. El árbitro dudó y, ante el empuje rabioso del público, mandó reanudar el combate. El irlandés no había tenido tiempo aún de armar la guardia, cuando Ringo se abalanzó sobre él como una tormenta y le conectó dos crosses casi consecutivos y luego un hondo gancho bajo y enseguida un escalofriante zurdazo a la mandíbula que lo dejó tendido, yo diría que inconsciente, en un extremo del cuadrilátero. Por increíble que parezca, el público permaneció en silencio.

Nadie volvería a saber nada de aquel torpe irlandés, pero tampoco de Ringo. Aquella misma madrugada, tras escuchar con la expresión de un sonámbulo cómo lo declaraban vencedor y marcharse cabizbajo a los vestuarios, ante la marea de periodistas y junto a un consternado Ordóñez, Ringo anunció que colgaba los guantes para siempre. Un aparatoso vendaje le cubría la nariz y el labio superior. Ya no tiene sentido —declaró, con la voz rota— noquear a nadie sin ser bello. Sólo entonces algunos incondicionales comprendimos —o creímos comprender— que Ringo nunca había pretendido noquear a sus rivales sino, más exactamente, seducirlos con su fuerza.

Y así es como Ringo *Mentón de Seda* Durán, nuestro más asombroso púgil, se retiró de los cuadriláteros fracasado e invicto.

Cómo maté a John Lennon

Fui yo quien mató a Lennon, pero no fui su asesino. Aquel invierno se ponía crudo. Yo disparé el revólver.

Merodeaba por la calle 72 como tantas otras veces, con las solapas del abrigo rozándome las orejas. Trataba de reunir un poco de valor para acercarme al edificio Dakota. Por casual que resultara, hoy me avergüenza pensar que ese maldito 8 de diciembre un lunático y yo concibiésemos más o menos la misma idea. *I am not what I appear to be.* Así que caminaba aplastando la escarcha. Nada más. Un paseo nocturno, un autógrafo y listo. *Let me take you down.*

De espaldas al oeste de un Central Park helado me asaltó ese terror que, desde entonces, no he podido dejar de interpretar como un augurio. Un terror más helado que aquel viento, más resbaladizo que la escarcha, más incierto que la guardia que inicié, apostado ya frente a la entrada del Dakota, esperando a Lennon. El corazón me latía o, por así decirlo, no cesaba de girar sobre su eje bajo la lana negra. El *single* y el bolígrafo aguardaban dentro del abrigo. De vez en cuando los palpaba e intentaba tranquilizarme con sus formas familiares. En este momento del recuerdo me parece como si lloviznara, pero creo que me equivoco. Eran alrededor de las diez de la noche y estaba sorprendido: de acuerdo con las informaciones de las que disponía, él debía haber vuelto para acostar a su hijo. Se decía que ahora madrugaba y que hacía vida de padre ejemplar; lo cual, a aquella rebelde edad nuestra, tendía estúpidamente a decepcionarnos. Aunque también venía militando como estandarte de la paz; lo cual, en aquella ilusa juventud nuestra, tendía ingenuamente a entusiasmarnos.

Tras consultar por enésima vez mi reloj, pensaba en desistir cuando una silueta desgarbada, menos alargada de lo previsto bajo su ostentoso abrigo de piel, dio la vuelta a la esquina de Central Park West con la 72. Comenzó a acercarse con pasos zigzagueantes, algo cómicos. El corazón me dio un vuelco y sentí un picor en los ojos: *The eagle picks my eye.* Infinidad de veces me había jurado no parpadear siquiera cuando llegase aquel momento y, sin embargo, mientras terminaba de buscar la nitidez apretando los párpados, vi pasar la espalda larga de Lennon a dos metros de mí. Alcancé a observar que iba afeitado, aunque no perfectamente, y que llevaba las gafas en la punta de la nariz, más al estilo de un abuelito sureño que al estilo de un intelectual de Oriente. Estos detalles me serenaron un poco, como si la posibilidad de abordarlo se hubiera vuelto mucho más factible y natural que un minuto atrás. *Come together right now over me.*

Él presionó un botón del panel que había junto al arco del portal, mientras con la otra mano revolvía en su abrigo de piel como quien busca un encendedor. Pese a lo que más tarde repetiría todo el mundo, debo decir que Lennon iba solo. Y allí, junto al primer portón del edificio Dakota, comprendí que si no le hablaba entonces no sería capaz de hacerlo nunca. Di dos pasos, la sangre se me heló. Pero di otros dos pasos y sentí una euforia casi animal, como si hubiese traspasado una frontera invisible y a partir de aquel punto cualquier cosa pudiera suceder. Él no se percató de mi presencia hasta que abrí la boca y de mis labios rígidos brotaron tres palabras roncas, tres palabras de vaho que no alcanzaron a continuar: Perdone, señor Lennon...

Él se volvió bruscamente, aunque su expresión me pareció más bien relajada. Me estudió con la mirada, y me temo que identificó mi condición de inmediato. No sé por qué de algún modo esto hirió mi orgullo: yo era en efecto un simple admirador, pero él no tenía por qué advertirlo tan pronto y sin mediar presentación. Me notaba alterado, las palabras se me atragantaban. *Half of what I say is meaningless...* Con indulgencia, Lennon deshizo el nudo preguntándome cómo me llamaba. A veces pienso que pudo tratarse de una simple fórmula de cortesía; otras veces me parece que aquello fue lo mejor que Lennon pudo preguntarme. *Nowhere man, the world is at your command.* Devuelto a mi modesta identidad, le contesté vocalizando muy bien mi apellido, como si pretendiera que él lo memorizase, y a continuación le manifesté mi deseo de que me firmara un single más un autógrafo aparte para llevar en la billetera. Para mi sorpresa, o al menos en contra de mis temores, Lennon dijo «encantado» y luego dijo «pasa». Estuve a punto de preguntarle adónde; pero, repuesto de la conmoción, me hice a un lado para dejarlo pasar y entré tras él.

Franqueamos un segundo portón enrejado. Mientras caminábamos hacia el ala derecha del edificio, él me preguntó si estudiaba. Yo le dije que sí, y me atreví a añadir que tocaba la guitarra. Lennon hizo un gesto raro con la boca y las cejas, que podía significar tanto «qué bien» como «otro pesado más». Mientras yo mencionaba atropelladamente los títulos de algunas de sus últimas canciones, accedimos a una nueva entrada. Lennon jugueteaba con un llavero y parecía tener ganas de charla. Esto tengo que contarlo, pensé, justo antes de que él dijera: ¿Quieres un capuchino?, y a mí me temblasen las piernas de pura incredulidad, mientras él insistía: Por mí puedes subir, será sólo un momento, he olvidado unos papeles en casa y tengo que volver al estudio. ¿Va a grabar otro disco?, le pregunté. Pero Lennon se limitó a sonreír e introdujo la llave en la cerradura. Anda, dijo, pasa, estás de suerte, hoy estoy de buen humor: mi hijo Sean ha aprendido a escribir su nombre. *Beautiful boy.*

Hoy veo moverse a Lennon muy lentamente, al contrario que entonces. Veo detalles en aquel recibidor que no podría asegurar si existieron. Sí recuerdo con toda exactitud a Chapman, de pie junto a las puertas del ascensor. No sé cómo había entrado, y me da igual lo que la policía haya dicho después. No debió, en todo caso, de resultarle fácil, ni debía de ser aquella la primera vez que lo intentaba. Pero fue esa noche maldita, y no otra noche, cuando tuvo éxito. Chapman era rubio, tenía cara de morsa y llevaba puesto un impermeable que fue abriendo poco a poco mientras se acercaba a Lennon con una sonrisita mansa. No era gordo, aunque sí fofo de vientre. Daba la impresión de ser completamente idiota. Señor Lennon, pronunció, en un tono muy distinto del que yo había empleado en la puerta del Dakota. No sé si sonaría presuntuoso afirmar que ya entonces me alarmé. *Somebody calls you, you answer quite slowly.* El caso es que John, en cambio, no pareció percibir nada extraño y respondió con un «¿Sí?» entre cansado y distraído. *You can talk to me.* Pero Chapman, sin dejar de sonreír, cara de morsa, siguió abriendo su impermeable y esos ojos mojados que empezaban a inflamarse. *I should have known better.* Lennon se volvió hacia mí, como diciéndome «encárgate tú de echarlo». Fue por eso que no vio cómo el revólver asomaba del cinturón de Chapman. *Oh, you can't do that.* Yo avancé y me interpuse. *Yes, I'm gonna be a star.* Es posible que ni siquiera entonces Lennon comprendiera lo que estaba sucediendo, porque mi cuerpo le obstruía la visión –ya de por sí limitada en aquel recibidor sin luz–, e incluso se me ocurre que todo pudo parecerle una lamentable escena de histeria entre dos fans. Tomé del brazo a Chapman, que ya empuñaba su revólver. Caí encima de él. *Nothing to kill or die for.* Forcejeamos en el suelo. Busqué apresarle las muñecas. Chapman poseía la fuerza remota de los desesperados. *Happiness is a warm gun.* De pronto, resonó un estruendo que ascendió velozmente por las escaleras como un tornado. *Mother superior, jump the gun.* Boca arriba en el suelo, Lennon sangraba. *I don't wanna be a soldier, mamma, I don't wanna die.* Vi que tenía convulsiones y que su pecho se inundaba rápido. *I'm losing you.* Me incorporé. Resonó otro disparo. Luego varios más seguidos. *One and one and one is three:* y allí estábamos los tres, un Beatle, Chapman y yo en el recibidor del Dakota, a las once y cinco de la noche, cada uno muerto a su manera.

Fui yo quien mató a Lennon, pero no fui su asesino. Mientras forcejeaba con Chapman, al intentar desviar su puño tembloroso de la trayectoria de su víctima, que –ahora sí– lo miraba atónita por detrás de sus gafas, advertí con toda claridad cómo por un instante mi propio dedo índice se deslizaba por el hueco que quedaba en el gatillo, cómo lo presionaba y cómo se retiraba con aterrada violencia, ya demasiado tarde. El siguiente disparo sobre Lennon, al igual que los restantes, los dio en efecto Chapman; pero ya se trataba de los tiros de gracia. Primero, por instinto, atiné a protegerme de un posible ataque suyo. Aunque enseguida comprobé que Chapman había realizado su sueño y ya ni tan siquiera me veía, que no se movería más y seguiría contemplando el cuerpo ensangrentado de Lennon, fascinado como los dementes a quienes la realidad les da por fin la razón. Sé de sobra que John cayó ahí, y no en otro sitio. Así que si minutos más tarde lo encontraron tendido bajo el arco del portal, supongo que fue porque Chapman lo arrastraría hasta allí para mejorar el efecto de su hazaña. En cuanto a mí, aproveché para huir o, mejor dicho, para ocultarme como pude y esperar a salir tras el primer vecino que abrió los portones enrejados.

Cuando poco después llegó la policía y lo arrestó, Chapman no declaró absolutamente nada sobre mi presencia en el Dakota. Al principio su silencio me extrañó, pero luego comprendí: Chapman había obtenido su momento de gloria y no estaba dispuesto a compartirlo con nadie. Él había buscado a míster Lennon, él le había pedido un autógrafo en su single y él le había disparado a quemarropa hasta vaciar el cargador. Y así, sonriendo mansamente, con la vista extraviada y envuelto en su impermeable, fue como se lo llevaron. Sólo entonces, y por mucho que ella insista en que estaba con él, la señora Ono supo y bajó en ascensor.

¿Cómo es que la policía no encontró también mis huellas dactilares en el arma homicida? Fácil. Ya lo dije al principio: aquel invierno se ponía crudo. Yo llevaba puestos los guantes.

Me he preguntado muchas veces cuál habrá sido el último pensamiento claro de Lennon, justo antes de topar con su asesino: una posible melodía, la cara de su hijo, su bendita japonesa, ganas de ir al baño, alguna vaguedad intrascendente. ¿O acaso una parte de él intuía el peligro y por eso me invitó a subir? ¿Se pone en guardia la mente antes que el cuerpo cuando la muerte está próxima? Sólo por la tarde, al día siguiente, me atreví a comprar los periódicos: *And though the news was rather sad.* El hombre al que hacía unas horas yo había acompañado a través de las puertas del Dakota ocupaba todas las primeras planas. Recuerdo lo que dijo en una entrevista con *Playboy*, días antes de morir: «Odio cuando dicen que es mejor quemarse que apagarse poco a poco. No entiendo la veneración por los héroes muertos. Para mí eso es basura. Yo venero a la gente que sobrevive. No, gracias. Elijo a los vivos».

Me he torturado una y otra vez recreando la escena, corrigiendo cada uno de mis movimientos, rectificando la suerte. Daría lo que fuera por un poco de paz para mi mente; pero estoy invadido de música mortal. *I am he as you are he*. Me temo que ya nunca dejaré de regresar a aquel 8 de diciembre helado en el Dakota. ¿Quién de nosotros, de hecho, no estuvo allí como empezando de nuevo, sujetando aquel maldito revólver una y otra vez, forcejeando inútilmente?

FIN Y PRINCIPIO DEL LÉXICO

El último poema
de Piotr Czerny

Como todas las mañanas de clima benévolo, no muy tarde —por el hambre— ni muy pronto —por el sueño—, Piotr Czerny había salido a dar un paseo. Se vio a sí mismo franqueando el portón de su domicilio, reflejado en un cristal que transportaban dos muchachos de uniforme. El cristal pasó de largo, y a Piotr Czerny lo asaltó la tentación de ensayar un aforismo sobre la paradoja de que un cuerpo transparente pudiera resultar el peor de los obstáculos. Se denegó ese placer hasta después del café expreso.

Bamboleando su espléndida barriga, Piotr Czerny aspiró agradecido la brisa que la mañana le regalaba. Caminó unas cuantas manzanas por su calle y giró a la derecha, hacia la plaza Jabetzka. Allí sorprendió a dos pájaros disputándose el mismo mendrugo de pan y, un poco más adelante, a una pareja de estudiantes prófugos disputándose sus bocas. Entonces se detuvo para tomarse un respiro, atusarse el bigote y, ya que estaba, espiar a los dos adolescentes. Le vino a la cabeza un verso fácil y efectivo con el que retratar a los amantes y a los pájaros; lo sopesó un instante; lo desechó disgustado. Reanudó su camino y, casi enseguida, Piotr Czerny se vio a sí mismo abriendo las puertas acristaladas del Central Cafe II.

Pidió un expreso y esperó a que el camarero se lo trajera junto con sus dos sobres de azúcar y su copa de agua: Piotr Czerny pedía siempre el agua en copa. Después de probar el café, abrió su libreta forrada en piel y descubrió su Mont Blanc. Esperó, hasta que un leve estremecimiento fue la señal de aviso. Inmediatamente se puso a escribir con letra diminuta. Al cabo de un rato levantó la vista del papel y dejó reposar la pluma. Se bebió de un solo y largo trago la copa de agua y procuró eructar con delicadeza, cubriéndose los labios y el bigote con dos dedos. Se puso a hacer un recuento de los poemas que había reunido en el último semestre. Barajaba dos títulos, pero no lograba decidirse: uno, que se le había presentado de improviso al comienzo de la escritura y no acababa de convencerlo, era La absolución; el otro, más hermético y que él en cierto modo prefería, era La flor y la piedra. En cualquier caso, ya había llenado dos libretas. Si continuaba a ese ritmo, a comienzos del verano tendría listo el libro. Como le molestaba la idea de tener que corregirlo durante los meses de calor, decidió que se dedicaría exclusivamente a los aforismos hasta que remitiera la peste de agosto. Llamó al camarero y le pagó con dos monedas. Guárdese el cambio, joven, repitió un día más, y el camarero hizo la acostumbrada inclinación de cabeza. Dando pasos cansados, mientras se marchaba, Piotr Czerny vigiló de reojo la manchada superficie del espejo oval del Central Cafe II. En ese momento sintió el ramalazo de una perplejidad. Volvió sobre sus pasos, buscó una mesa libre, se sentó y escribió con su Mont Blanc en la libreta: Aquello que no vemos es lo que nos impide el paso. Guardó satisfecho la libreta y se entregó a la amable corriente que mezclaba, como un mazo de cartas, las hojas de los tilos sobre la acera.

No era mucho el dinero que le quedaba. En la revista rara vez le pagaban a tiempo las reseñas. En cuanto al vampiro de Zubrodjo, ya había perdido la esperanza de que le diera lo prometido. Para ser editor, discurría Piotr Czerny, hay que tener básicamente dos cualidades: mucha vocación y poca vergüenza. Ahora bien, él tenía un secreto que lo consolaba de todo: guardaba varios repuestos de papel verjurado, tamaño cuartilla, repletos de su letra minuciosa y apretada. Dos libros de poemas, más un posible diario. Tal vez, más adelante, también una pequeña colección de aforismos. Se los entregaría, claro, a Zubrodjo. Echando una ojeada a su reloj de cadena, Piotr Czerny comprobó que todavía era temprano y se concedió un paseo junto al río antes de regresar a casa. Se asomó al puente: el agua se revolvía, haciendo y deshaciendo dibujos espejeantes. Echó a andar en dirección contraria al centro, en busca de silencio. Imaginó de pronto los sonidos como grandes anillos con un centro muy blanco. El silencio, se dijo, debía estar tan sólo en los contornos, delimitando la circunferencia, tan fino como intangible: o se traspasa desde fuera o se divisa desde dentro, sin habitarlo jamás. Piotr Czerny sintió pereza de buscar un banco y abrir su libreta, así que postergó la imagen para cuando estuviera cómodo en su casa. Después prestó atención al sonido en cascada de la corriente, dejándose llevar por la inercia del paseo y por una deliciosa ausencia de pensamientos.

De regreso, al doblar la esquina de su calle, percibió algo extraño en el ambiente. Una inusual cantidad de transeúntes se dirigía alborotadamente calle abajo. Como se encontraba fatigado para apretar el paso, procuró aguzar la vista mientras se acercaba a su domicilio. Enseguida divisó un gentío apretándose en la acera opuesta y un vehículo rojo obstruyendo el tráfico. Entonces cayó en la cuenta de que esa lejana sirena que llevaba oyendo desde hacía rato sin hacerle caso, era la misma del coche de bomberos que se había detenido frente a su casa. Haciendo un penoso esfuerzo, Piotr Czerny corrió los cincuenta metros que lo separaban de su domicilio

El fin de la lectura

hasta que, seriamente agitado, fue interceptado por varios policías que le preguntaron si era uno de los vecinos del edificio. Incapaz de contestar que sí, vio cómo en ese instante el portero, salido de entre la multitud, se abalanzaba sobre él dando gritos con el rostro desencajado: ¡Señor Czerny, señor Czerny, vea qué desgracia!, ¡medio edificio incinerado!, ¡si los bomberos hubieran llegado antes, si los vecinos pusieran más cuidado...! ¿Medio edificio?, lo interrumpió él, ¿y hasta qué planta? El portero agachó la cabeza, se secó el sudor de la frente y dijo: Hasta la tercera. Piotr Czerny apenas intuía su voz ronca entre el escándalo, le parecía estar oyéndola como se oye un recuerdo. Parece, explicó el portero, que el fuego empezó en el primer piso y los bomberos sólo pudieron sofocarlo cuando estaba llegando al cuarto. Señor Czerny, ¡lo lamento tanto, tanto...! Piotr Czerny sintió que un sable curvo le atravesaba entera la barriga. Miró hacia arriba y vio seis balcones negros, como cubiertos de brea. Le pareció que se mareaba. Dijo: Está bien, cálmese, lo importante es saber si hay víctimas. El policía, que había permanecido a sus espaldas, intervino para comunicarles que los bomberos habían conseguido evacuar a varios vecinos y que afortunadamente sólo había heridos leves y algún desmayo por asfixia. Han tenido todos mucha suerte, insistió el policía. Sí, mucha suerte, asintió Piotr Czerny mirando al vacío.

Los bomberos habían dado órdenes de que nadie se acercara demasiado al edificio hasta que se disipase la humareda y los escombros fuesen despejados. La legión de curiosos había ido creciendo durante la operación, y ahora se dispersaba poco a poco. Piotr Czerny, con la mirada fija en algún punto de la tercera planta, con los pies y la cintura doloridos y una punzada oprimiéndole el vientre, pensaba en las cuartillas de papel verjurado de su escritorio. Pensaba en el celo con que las había mantenido alejadas de sus colegas, en su empeño por que permanecieran ocultas hasta su corrección definitiva. Pensaba en los últimos seis meses de trabajo y en su proverbial mala memoria. Trató de invocar el primer poema de su libro inédito y, sin querer, se sorprendió repasando la segunda parte de «El prisionero» de Rilke: *...Y que tú aún vivieras... Desvió la mirada y volvió sobre sus pasos.*

Caminó con la mente en blanco, giró hacia la plaza Ja-betzka. Entró en el Central Cafe II. Buscó una mesa libre y, al pasar frente al espejo oval, se vio a sí mismo entre manchas, despeinado, intentando atravesar un mar de mesas ocupadas. Mientras se sentaba, se le ocurrió pedir una ensalada y esperó a que viniera el camarero. No podía pensar en nada con claridad, las ideas se le escabullían. Por un momento le pareció que iba a perder el conocimiento. Intentó respirar hondo. Como tardaban en atenderlo, sacó su libreta y su Mont Blanc y estuvo contemplándolas durante un rato. Súbitamente, deseando que los camareros se hubieran olvidado de él, comenzó a escribir.

Al cabo de una hora, habiendo terminado su ensalada y también el borrador de un largo poema sobre el ritual del fuego y las palabras que se salvan, Piotr Czerny recibió la descarga eléctrica de una certeza. Volvió a abrir su libreta por la primera página, escribió con letra diminuta: La absolución, y sintió en las entrañas un repentino alivio.

El fin de la lectura

Lo saben, sentenció Vílchez. Tenenbaum se volvió hacia él. Se lo encontró de espaldas, mirando por la ventana del despacho. O quizá contemplando el cristal mismo, sus manchas de lluvias pasadas, los microscópicos arañazos que, observados desde muy cerca, parecían los de un vehículo accidentado. Este símil complació a Tenenbaum, que experimentó un moderado acceso de vanidad poética. Mientras tanto Rinaldi los ignoraba a ambos, absorto en ese sofisticado teléfono que invariablemente lo reclamaba cuando debía compartir espacio con otros autores. Lo saben, lo saben, suspiraba Vílchez.

Tenenbaum se puso en pie. Extendió un brazo en busca de un hombro de Vílchez, que no pareció asimilar este gesto afectuoso o bien lo interpretó como algo muy distinto del afecto. Ambas opciones estaban justificadas. Tenenbaum no apreciaba a Vílchez, como en verdad no apreciaba a ningún escritor de su generación que no fuese él mismo. Y sin embargo había empezado a respetarlo, o cuando menos a envidiarlo, lo cual en alguien secretamente inseguro como él venía a ser casi idéntico.

A punto ya de que diera comienzo aquella mesa redonda sobre la importancia de la lectura en nuestros días, Tenenbaum pensó que la proverbial altivez de Vílchez, quien jamás se había permitido una duda ni un elogio frente a él, probablemente tenía la misma causa que sus propias mezquindades. Esta hipótesis lo colmó de un alivio cercano al llanto. Cuando Vílchez repitió como volviendo en sí, como sobreviviendo al accidente del cristal que había contemplado: Ellos ya lo saben, estoy seguro de que ya lo saben, Rinaldi levantó al fin la vista de su teléfono. ¿Pero a qué te refieres?, preguntó. Vílchez declinó responderle con una sonrisa irónica.

Rinaldi y Vílchez nunca se habían llevado bien, o mejor dicho siempre habían fingido no llevarse mal. Tenenbaum comparó sus expresiones yendo de una a otra, intentando trazar una diagonal. En su opinión, la rivalidad entre Rinaldi y Vílchez se basaba en un grave malentendido: el de que ambos luchaban por lo mismo. Nada más lejos. Vílchez aspiraba a cierto prestigio excluyente, a una suerte de liderazgo moral a largo plazo. Rinaldi en cambio deseaba con furor (pero también con humor, que era algo que solía faltarles a sus colegas) una aceptación lo más rápida posible. Uno ansiaba, por así decirlo, ganar la lotería. El otro esperaba a que todos sus colegas la perdiesen, para ser recordado como el único que no se había rebajado a apostar.

Rinaldi seguía sin saber a qué se refería Vílchez. Tenenbaum hubiera preferido no saberlo, pero acababa de averiguarlo. Retiró poco a poco su brazo, que había permanecido sobre el hombro manso de Vílchez, y lo miró a los ojos. Lo miró con una atención física que nunca antes le había prestado a un colega, deteniéndose en las rayas irregulares de su frente, en la pigmentación de sus mejillas, en sus patas de gallo, en los pelos de sus fosas nasales, que vibraban como si ocultasen un ventilador interno. Este ocurrente símil complació sobremanera a Tenenbaum, que estuvo a punto de olvidar lo que se disponía a decir. Tras unos instantes de distracción poética, recuperó el hilo y la mirada de Vílchez para preguntarle sin más rodeos: ¿Pero tú hace cuánto que no lees?

Vílchez apenas pudo resoplar, negar con la cabeza y encogerse de hombros. A Tenenbaum le pareció que, al otro extremo del despacho, Rinaldi sonreía como el ladrón que confirma que la policía también roba. Este símil no le produjo la menor satisfacción.

Tres breves golpes sonaron en la puerta del despacho donde esperaban los escritores. De inmediato asomó la cabeza hiperbólica del poeta y traductor Piotr Czerny, organizador del ciclo de fomento de la lectura y encargado de moderar la mesa. ¿Preparados, caballeros?, preguntó en un tono que a Rinaldi, que tendía a desconfiar de la cortesía ajena, le pareció más bien burlón.

Con los ojos desorbitados, Vílchez le susurró al oído a Tenenbaum: Tenemos que salir y reconocerlo de una vez, ahí, delante de todos.

Caballeros, canturreó el moderador, cuando ustedes quieran. El público está deseando escucharlos, hay bastante gente.

Mejor empiezo yo, ¿no, Vílchez?, dijo Rinaldi apagando su teléfono.

Policial cubista

Entré de perfil en mi sala cuesta arriba. Apagué media lámpara y después la otra media. Me pareció escuchar un ruido posterior. Pero aún no había entrado en la sala. O sí, depende. Grité por si acaso. Mi voz ascendió, tocó techo, rebotó amarilla como una pelota de tenis y volvió a mi boca. Lógicamente, nadie pudo salvarme. Mi cadáver yacía en un extremo del cuarto. Por el otro se escapaba el pie izquierdo del asesino. ¿Qué hacía la lámpara todavía encendida? He ahí la cuestión.

Teoría de las cuerdas

Vivo sentado en mi escritorio, frente a la ventana. Las vistas no son lo que se dice un paisaje alpino: patio estrecho, ladrillos sucios, persianas cerradas. Podría leer. Podría levantarme. Podría dar un paseo. Pero nada es comparable a esta generosa mediocridad que contiene el mundo entero.

Estos ladrillos míos son toda una universidad. Me dan, por empezar, lecciones de estética. La estética comunica la observación con la comprensión, el gusto individual con el sentido general. La estética vendría a ser, entonces, lo contrario de la descripción. Cuando uno sólo tiene un patio interior para llenarse los ojos, ese matiz se convierte en una cuestión de supervivencia.

O lecciones de semiótica. Hablar con los vecinos me dice menos de ellos que espiar su ropa tendida. He comprobado que las palabras que cruzamos con el prójimo son fuente de malentendidos, más que de conocimiento. En cambio su ropa es transparente (literalmente, en algunos casos). No puede malinterpretarse. Como mucho, se desaprueba. Pero esa desaprobación también es transparente: nos revela a nosotros.

Paso largos ratos contemplando las cuerdas. Parecen partituras. O cuadernos a rayas. El autor es cualquiera. Gente anónima. La casualidad. El viento.

Pienso por ejemplo en la vecina de abajo, a la izquierda. Una señora de cierta edad, o edad incierta, que convive con un hombre. Al principio imaginé que se trataba de un hijo corpulento, pero debe de ser su esposo. Es difícil que hoy un joven se ponga esas camisetas interiores blancas tan desprestigiadas en su generación, que no ha tenido ni un poquito de neorrealismo con que mitificar al proletariado. Mi vecina ha dejado flotando unas bombachas de proporciones bíblicas, y un sostén color carne que podría servir perfectamente como un gorro de baño (dos, para ser preciso). He ahí el misterio: su orondo marido usa breves slips elásticos. Algunos rojos, otros negros. Dudo que una señora de tan recatado gusto aliente a su esposo, en cambio, a arriesgar semejantes lencerías. A la inversa, parece improbable que un caballero con tanto atrevimiento debajo de los pantalones no le haya sugerido otros modelos a su cónyuge. Así que deduzco que, con esos slips, el señor complace (si complacer fuera la palabra) a una mujer mucho más joven que él. Su esposa, por supuesto, se encarga de lavarlos y colgarlos amorosamente.

Un par de pisos más arriba, al centro, hay otra cuerda que pertenece a una estudiante de costumbres bohemias, si se me permite la redundancia. Ella jamás se asoma a tender antes de las nueve o diez de la noche, cuando el patio ya está en penumbra. Lo cual me impide apreciarla con la nitidez con que observo sus prendas. Su repertorio incluye todo género de camisetas cortas, minúsculos conjuntos, tangas de fantasía y algún que otro liguero de estilo tradicional. Este último detalle me sugiere cierta afición a la filmoteca universitaria. Imagino a mi estudiante como una de esas personas osadas que, en el momento decisivo, son poseídas por el pudor, fruto quizá de sombrías horas de catequesis. Una de esas bellezas que se sienten mejor seduciendo que gozando. O no. Al contrario: ella podría ser uno de esos prodigios naturales que, incluso en los momentos de mayor desenfreno, son capaces de un gesto de elegancia. O no. En su justo medio: mi vecina pone límites a su propio descaro, posee un punto de autocontrol que la hace irresistible y a veces desesperante. Sobre todo para esa clase de hombres (concretamente, todos) que se dejan llevar por el vestuario y, con ejemplar simpleza, esperan encontrar a una mujer lasciva debajo de un vestido corto. Mi vecina, en el fondo, es un espíritu frágil. No hay más que reparar en esos calcetines de estampados infantiles con los que, me figuro, duerme cuando está sola: patitos, conejitos, ardillas. Odia el paternalismo tanto como el frío en los pies.

Un poco más abajo, tres ventanas a la derecha, una madre corrige la suciedad de sus retoños. Algunos de ellos, los delatan sus tallas, han dejado de ser niños. ¿Por qué los adolescentes se resisten a encargarse de su ropa? ¿Qué clase de vergüenza los separa de sus propios calzoncillos? El hijo mayor de mi vecina mancha una considerable cantidad semanal. ¿Dejará también copiosos rastros informáticos, esconderá revistas en lugares previsibles, se encerrará en el baño durante horas? ¿Sabrá que su madre lee sus calzoncillos? Qué derroche de energías. Lo mismo podría decirse del vecino de uno de los terceros, que se toma la molestia de alinear sus prendas por tamaños, tipos y colores. Jamás una camisa junto a una toalla de mano. Vive solo. No me extraña. ¿Cómo dormir con alguien incapaz de confiar en la hospitalidad del azar? Mi vecino maniático es, en definitiva, un maestro del disimulo.

Con el paso de los años frente a la ventana, he aprendido que no conviene abusar de los cambios en la observación. Se averigua más concentrando la mirada en un punto que trasladándola de un lado a otro. Esa sería la lección de síntesis. Con tres cuerdas o cuatro, se debería disponer de material suficiente para una novela de misterio.

Hace buen día, hoy. El sol inunda el patio. Las cuerdas de mis vecinos lucen alborotadas, llenas de planes. Es demasiada ropa para desnudar sus vidas.

Mis cuerdas no se ven.

Fin y principio del léxico

Cada tarde de domingo, después de dormir la siesta, Arístides se levantaba y decía «tra», «cri», «plu» o incluso «tpme». Lo pronunciaba en voz muy alta, con absoluta elocuencia, sin tener ni idea de las razones. No le venían a la mente jirones del sueño interrumpido, imágenes concretas, deberes inmediatos. Ni siquiera vocablos de entre las decenas de miles que, muy supuestamente, conocía. No. Lo que decía Arístides, y lo expresaba bien claro, era «fte», «cnac», «bld». Medio dormido, sin afeitar, él volvía a ser alguien anterior al léxico. Así, durante un momento, antes de entrar otra vez en el mundo, era desmesuradamente feliz sintiendo que tenía todo el lenguaje por delante.

DODECÁLOGOS DE UN CUENTISTA[1*]

[1*] Los Dodecálogos de un cuentista no pretenden ser reglas para escribir cuentos; son pequeñas observaciones surgidas durante el proceso de escritura. No se proponen analizar el libro al que acompañan; sino reflexionar sobre distintos aspectos de la narrativa breve. No formulan una poética dogmática; se contradicen con todo gusto. Están compuestos por doce puntos para eludir la absurda perfección del diez. Desearían ser, en suma, una manera lúdica de abordar el ensayo.

Dodecálogo de un cuentista

I

Contar un cuento es saber guardar un secreto.

II

Aunque hablen en pretérito, los cuentos suceden siempre ahora. No hay tiempo para más y ni falta que hace.

III

El excesivo desarrollo de la acción es la anemia del cuento, o su muerte por asfixia.

IV

En las primeras líneas un cuento se juega la vida; en las últimas líneas, la resurrección. En cuanto al título, paradójicamente, si es demasiado brillante se olvida pronto.

V

Los personajes no se presentan: actúan.

VI

La atmósfera puede ser lo más memorable del argumento. La mirada, el personaje principal.

VII

El lirismo contenido produce magia. El lirismo sin freno, trucos.

VIII

La voz del narrador tiene tanta importancia que no siempre conviene que se escuche.

IX

Corregir: reducir.

X

El talento es el ritmo. Los problemas más sutiles empiezan en la puntuación.

XI

En el cuento, un minuto puede ser eterno y la eternidad caber en un minuto.

XII

Narrar es seducir: jamás satisfagas del todo la curiosidad del lector.

Nuevo dodecálogo de un cuentista

I

Si no emociona, no cuenta.

II

La brevedad no es un fenómeno de escalas. La brevedad requiere sus propias estructuras.

III

En la extraña casa del cuento los detalles son los pilares y el asunto principal, el tejado.

IV

Lo bello necesita ser preciso como lo preciso necesita ser bello. Adjetivos: semillas del cuentista.

V

Unidad de efecto no significa que todos los elementos del relato deban converger en un mismo punto. Distraer: organizar la atención.

VI

Anillo afortunado: a quien escribe cuentos le ocurren cosas, a quien le ocurren cosas escribe cuentos.

VII

Los personajes aparecen en el cuento como por casualidad, pasan de largo y siguen viviendo.

VIII

Nada más trivial, narrativamente hablando, que un diálogo demasiado trascendente.

IX

Los buenos argumentos rara vez pierden el tiempo argumentando.

X

Adentrarse en lo exterior. Las descripciones no son desvíos, sino atajos.

XI

Un cuento sabe cuándo finaliza y se encarga de manifestarlo. Suele terminar antes, mucho antes que la vanidad del narrador.

XII

Un decálogo no es ejemplar ni necesariamente transferible. Un dodecálogo, muchísimo menos.

Tercer dodecálogo de un cuentista

I

Mucho más urgente que noquear a un lector es despertarlo.

II

El cuento no tiene esencia, apenas costumbres.

III

Hay dos tipos de cuento: los que ya saben la historia y los que la van buscando.

IV

La extrema libertad de un libro de cuentos radica en la posibilidad de empezar de cero en cada pieza. Exigirle unidad equivale a ponerle un candado al laboratorio.

V

La quietud como arte de la inminencia.

VI

La voz decide el acontecimiento, más que viceversa.

VII

Al cuento lo persigue su estructura. Por eso, cada cierto tiempo, agradece que la dinamiten.

VIII

Un relato absolutamente redondo atrapa al lector, no lo deja salir. En realidad tampoco le permite entrar.

IX

Todo cuento es oral en primer o segundo grado.

X

Mientras el cuentista perpetra simetrías, sus personajes lo perdonan con sus imperfecciones.

XI

Tentación efectista del final abierto: interrumpirlo en un momento demasiado brillante, clausurarlo en su apertura.

XII

Toda historia que termina a tiempo empieza de otra manera.

Dodecálogo cuarto:
el cuento posmoderno

I

Cualquier forma breve podría ser un cuento, siempre que logre crear sensación de ficción.

II

Ausencia de punto de fuga: la frontera entre el relato de ayer y el de mañana.

III

La resolución del argumento y el final del texto mantienen un invisible tira y afloja. Si se impone la primera, la estructura tenderá a Poe. Si se impone el segundo, tenderá a Chéjov. Si se queda en empate, ahí hay algo nuevo.

IV

Desordenar el orden cuenta más que ordenar el desorden.

V

La ausencia de grandes personajes engendra al Gran Personaje: el yo que va narrándose.

VI

Con el paso de los cuentos, la omnisciencia deserta.

VII

Nos hemos vuelto tan hibridantes, que pasado mañana haremos una revolución purista.

VIII

La dispersión como trama. El cruce casual de ramas como árbol.

IX

El narrador ha sido elevado a argumento.

X

El presente absoluto como única Historia: la narrativa breve del reset.

XI

Del cuento con sorpresa al cuento con duda.

XII

Hay cuentos que merecerían terminar en punto y coma;

Nota sobre los textos

Andrés Neuman

Los textos que componen esta antología han sido seleccionados, o mejor dicho absueltos, de los siguientes libros: El que espera (Anagrama, Barcelona, 2000); El último minuto (Espasa, Madrid, 2001; Páginas de Espuma, Madrid, 2007 y Buenos Aires, 2010); Alumbramiento (Páginas de Espuma, Madrid, 2006 y Buenos Aires, 2007); y Hacerse el muerto (Páginas de Espuma, Madrid, 2011, Ciudad México, 2011 y Buenos Aires, 2013). Me gustaría expresar aquí mi gratitud hacia sus generosos editores. Algunos de los cuentos han sido revisados para la presente edición, con la moderada esperanza de que esos cambios hayan sido para bien.

Fin es una palabra tan sintética como polifónica. El fin de la lectura lo impone el tiempo mismo, que nos devora y olvida. Ese fin lo pregona sin descanso nuestra nerviosa época, tan proclive a los falsos apocalipsis, mientras nuevos autores y editoriales rejuvenecen la palabra escrita. Por fortuna, la lectura tiene también el fin de celebrar al lector, que nos regala otro comienzo. Gracias.

A. N.
octubre de 2013

Novedades:

Acabose – Lucas García

C. M. no récord – Juan Álvarez

Desde Alicia – Luis Barrera Linares

El amor según – Sebastián Antezana

El espía de la lluvia – Jorge Aristizábal Gáfaro

El Inventario de las Naves – Alexis Iparraguirre

El síndrome de Berlín – Dany Salvatierra

El último día de mi reinado – Manuel Gerardo Sánchez

Goø y el amor – Claudia Apablaza

Intriga en el Car Wash – Salvador Fleján

La apertura cubana – Alexis Romay

La filial – Matías Celedón

Médicos, taxistas, escritores – Slavko Zupcic

Punto de fuga – Juan Patricio Riveroll

Tempestades solares – Grettel J. Singer

Todas las lunas – Gisela Kozak

www.sudaquia.net

Otros títulos de esta colección:

El azar y los héroes — Diego Fonseca
Barbie / Círculo croata — Slavko Zupcic
Blue Label / Etiqueta Azul — Eduardo J. Sánchez Rugeles
Breviario galante — Roberto Echeto
Con la urbe al cuello — Karl Krispin
Cuando éramos jóvenes — Francisco Díaz Klaassen
El amor en tres platos — Héctor Torres
El inquilino — Guido Tamayo
El último día de mi reinado — Manuel Gerardo Sánchez
Experimento a un perfecto extraño — José Urriola
Florencio y los pajaritos de Angelina su mujer — Francisco Massiani
La fama, o es venérea, o no es fama — Armando Luigi Castañeda
Hermano ciervo — Juan Pablo Roncone
La casa del dragón — Israel Centeno
La huella del bisonte — Héctor Torres
Nostalgia de escuchar tu risa loca — Carlos Wynter Melo
Papyrus — Osdany Morales
Sálvame, Joe Louis — Andrés Felipe Solano
Según pasan los años — Israel Centeno

www.sudaquia.net

Made in the USA
Lexington, KY
01 February 2017